谢志高 卷

当代中国美术家档案

中国画篇

主编：郭怡孮

执行主编：满维起　晋　奕

策　　划：晋　奕　王泽深

中国美术创作院学术主持

华 艺 出 版 社

dangdai zhongguo meishu jia dangan

● zhongguohua pian

li baolin juan

zhubian: guoyizong

zhixingzhubian: man weiqi　ji yi

ce hua: ji yi　wang ze shen

zhongguo meishu chuangzuoyuan xueshu zhuchi

huayi chubanshe

21世纪已经把人类带入了一个崭新的世界，21世纪的中国画坛，也随即进入了一个朝气蓬勃、繁荣发展的时代。中国画的创新是时代赋予当代画家的历史重任。从20世纪后半叶起，一大批有志于此的画家为实现中国画由古典形态向现代形态的转变做出了可贵的贡献。他们遥接远古，继承优秀的民族文化传统，又用现代人的眼光审视东西方文化，站在时代的制高点上吞吐八荒，容纳百川，广收博取，推陈出新，他们代表着时代主流美术的发展方向。本套书所收集和推介的五十位时代名家都是这个背负着历史重任的优秀美术群体中搏击勇进的骁将，他们分别在中国画山水、花鸟、人物的不同领域中高扬时代精神，在把自己的艺术推向更具现代意义的新阶段的同时，也对中国画的繁荣发展产生了深远的影响，作出了巨大的贡献。

　　在中国美术史上，也许再没有哪个时期在创作自由上能和我们现在这个时代相比，艺术家获得了前所未有的解放。特别是由于"文革"的反衬，这种创作自由更显得弥足珍贵。但是艺术实践本身是无情的，它和其它自然行为一样，遵循优胜劣汰的法则，如果艺术家本身不去珍惜，不去创新，不努力提高自己，不在继承传统的基础上推陈出新，那么，自由越大，艺术性反而越小，创作的自由与作品的艺术性反而会形成反比。

　　中国画所以能独立于世界艺术之林，正是由于其为独特的文化所造就，以独特的品质而存在，尤其是它独特的笔墨精神，极富有中国本土文化的内涵。所以，面对时代的挑战，吸取传统文化的精髓，站在时代文化发展的层面上看待外来的文化，以开放的胸怀有选择地为己所用，以此来丰富中国画的表现语言，体现出时代精神，是时代赋予当代中国画家们的任重道远的巨任，同时这也是推动中国画发展与繁荣的必由之路。

　　我们之所以选择这五十位中国画画家，其理由是：

　　他们都是当代中国画坛独树一帜的一流中国画家。他们的绘画创作所取得的卓越成就，体现、代表了这一时代中国画的最高品味。

　　他们中大多数人同时又是当代一流的绘画理论家。他们的理论来自实践，有感而发，对前人的画论既有发微、探讨，又有自己独到的见树，体现、代表了这一时代中国画理论研究的最高水平。

　　他们同时又都是当代一流的美术教育家。他们德高望重，为人师表，诲人不倦，为我们当代美术教育事业作出了启蒙、奠基、开拓的贡献。我国美术事业在今天能有如此的兴旺、繁荣、名家辈出，与他们的掘井、汲泉、灌溉和培育是分不开的。

五十位画家的绘画理论和他们的绘画作品一样，都是我国极其宝贵的文化财富，它将作用于对五十位画家绘画艺术的研究，作用于中青年画家和中国画爱好者的学习，也将为弘扬中华文化、进一步提高中国画创作质量起着借鉴指导作用。

在这些画家的画论中，诸如对待传统问题、革新问题、中国画发展前途问题、中西绘画融合问题等等，其中有些理论观点，相互之间不尽相同，甚至完全对立，但乐山乐水、见仁见智乃学术中之常事，这样反而有利于学习研究者从他们各自不同的见解中，受到更多的启迪，从而因损各便，流派分呈。

此外，除了绘画作品和绘画理论，本系列丛书还选入了有关画家的一些自传自叙性质的文章及生活写真、艺术年表等，以求全方位地展现画家，突出丛书"档案"的特点。纵观当今美术出版市场，可谓是琳琅满目，但真正有较高水准的出版物为数不多，尤其在出版形式上，现行的美术出版物均以平面地介绍画家的作品为主。其实，任何一个画家均是立体地生活在一个复杂的社会中，其生活环境、工作环境无时无刻不在对画家的作品起着重要的影响。我们要了解画家、研究画家，不仅应该通过绘画作品本身，还应从产生艺术的环境、可资追寻的背景入手，通过这些方面了解的画家，才是一个有血有肉的画家。因此，这套丛书的出版，为研究画家，研究其艺术提供了部分很有价值的文献档案，同时，整套丛书的出版也为艺术图书的编辑体例提供了一个很好的范例。

《当代中国美术家档案》是一部综合型丛书，"中国画篇"只是其中一部分。今后，我们将陆续出版油画、版画、雕塑等各个领域的画家作品，以体现当代中国美术家领域的宽广性和广泛性。

我们十分感谢入编的各位画家，他们为本丛书的编撰和出版耗费了大量的心血，做出了艰苦而卓有成效的收集和整理工作。我们正是在这一基础上，才完成这套书的编撰。

此次，中国美术创作院和华艺出版社在合作出版上走出了一条美术专业机构和出版机构相结合的新的道路，此路使艺术家更广泛深入地走进了广大人民群众之间，今后，我们还将沿着此路继续发展下去。

另外，我们也要感谢中国民族博览杂志社、北京佳龙拍卖有限责任公司、北京三哲文化发展有限责任公司的通力合作，在此致以谢意！

由于学识所限，本套书的编撰定有不当之处，敬请大家批评指正，以期在再版时予以纠正。

《当代中国美术家档案》编辑部

序

　　中国美术创作院和华艺出版社共同推出大型系列丛书《当代中国美术家档案》，这是一件非常有意义的工作。

　　中国画的发展进入了一个新的历史时期，系统研究中国画创作的现状和代表性画家，有利于推动中国画的发展。近几十年来，中国画经历了大变革、大发展的转型历程，当代中国画在传统中国画的基础上已经发生了很大的变化，形成了自己鲜明的时代特征。这种变化得利于当代画家对传统精神和文化根源的深入挖掘，更得利于他们对当代精神和文化现状的领悟和创造性劳动。

　　五十位画家的个人档案，组建成一个当代中国画研究的平台。从每一位画家的详实资料中，可以看到近些年中国画发展的脉络，看到中国当代画家们在浪涌波翻的激流中怎样与时俱进，看到他们怎样去探索传统文化的深层基因和表现新生活的强大愿望。把这么多个梦集中起来，积点成线，如线穿珠，对中国画的新发展会看得更清，可以帮助我们从宏观上去思考，这也是我们编辑出版这套"档案"型丛书的初衷。

　　至于每一册书，我们力求全面和立体，从整体上把握和了解画家的观念、创作，以及与其艺术成长有关的方方面面。因为在一个画家漫长的艺术道路上总会有几次重要的选择——在众多的美术风格和艺术个性及技法表现上都有着发展轨迹可循。探索这些，只从画上是难以全面认识的，我们还要从画面之外，从画家的思想、言论、生活、经历等方面来进行全方位的研究。

　　"画如其人"、"画品人品"这些在中国画论中经常提及的问题，也是我们研究一个画家的切入点。因此，画家的出身、经历、学养、性格、交友等也都应该成为研究的对象。

我曾经在所著《花鸟画创作教学》一书中提出了个案研究的七项内容：①时代背景；②代表作品和创作风格；③重要著述；④创作理论与艺术主张；⑤艺术风格；⑥主要承传及其影响；⑦在画坛上的位置与重要贡献。此系列丛书正是基于这样的思考，将美术家的作品作为他人生的一部分加以展示。书中选用了大量的文字，有画家自述的观点，也有他人的评说，有理论的总结，也有经验的介绍，有创作的草稿，也有写生的素材，另外还有画家的个人生活照片，力求比较立体，比较全面地反映画家的艺术和生活，以便为对当代中国画家的研究提供详实的资料，也为关注这些艺术家的爱好者们打开一个窗口，让公众走进美术家的生活。这套"档案"正是一种互动交流，将有助于公众加深对画家的认识和对作品的理解。

我相信这套丛书的出版，将会受到画家和公众的喜爱，这是我们社会发展的产物，也是推动艺术发展的需要。几年前，出版这样一套祥实的档案，还只能是一个奢侈的梦。现在，洋洋大观的系列丛书的出版，将真实的记录下我们这个时代中国画发展的现状。

2004 年 10 月

战海河　150cm × 256cm　1973年

14　万物生长靠太阳　（与胡振宇合作）　1975年

欢欢喜喜过个年　　180cm × 180cm　　1980 年

16　将相和　82cm × 44cm　1981年

春雨　90cm × 100cm　1981年

18 一盘没有下完的棋 电影海报 90cm × 100cm 1982年

建设者　102cm × 97cm　1982年

20　祝福　132cm × 98cm　1985年

沙田绿雨　68cm × 36cm　1987 年　21

22　凝思　84cm × 68cm　1987 年

老把式　136cm × 136cm　1988 年

24　　春雨　136cm × 136cm　1989 年

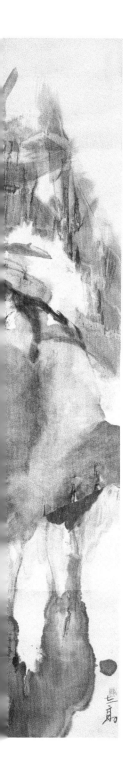

春雨 （局部）

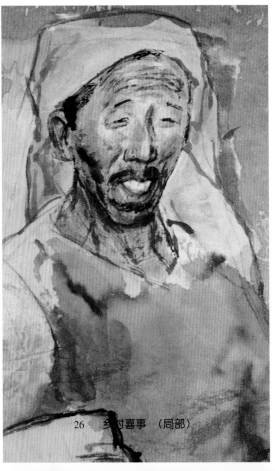

26　乡村喜事　（局部）

乡村喜事　180cm × 180cm　1991年

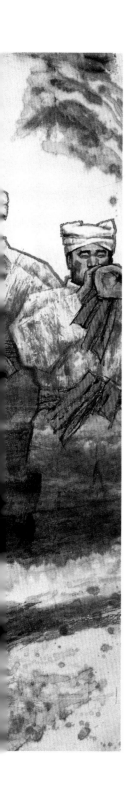

阿细跳月　90cm × 350cm　1994年

八仙过海图　　146cm × 366cm　1994 年

惠安女 （局部） 39

绿野　　123cm × 210cm　　1998 年

雪原人家　180cm × 180　1999年

44　日猛也有风　68cm × 68cm　1999 年

浪花唱曲过好听　68cm × 68cm　1999 年

46　　海边渔女担水食　　68cm × 68cm　　1999年

蹲到脚酸也未见船影　68cm × 68cm　1999 年

48　　原野　136cm × 68cm　1999年

早春　90cm × 90cm　2000 年

春湖　98cm × 180cm　2000 年

清气满乾坤　90cm × 180cm　2001年

老舍　90cm × 180cm　2001年

青藏高原　145cm × 365cm　2001 年

黄河之巅　145cm × 365cm　2001年

路　180cm × 180cm　2003年

渤海银滩　146cm × 356cm　2003年

渤海银滩 （局部）

渤海银滩 （局部）

装修市场

装修市场　68cm × 136cm　2004 年

同唱一首歌　124cm × 248cm　2004 年

同唱一首歌 （局部）

南昌一支歌 （局部）

老人与老羊　　136cm × 68cm　2004年

80　阶梯　124cm × 124cm　2004年

82　　难得休闲　142cm × 119cm　1977年　　　　初中学生　142cm × 100cm　1978年

赶大车的农民　136cm × 68cm　1978年

84　村干会上　68cm × 46cm　1978年　　南海姑娘　68cm × 45cm　1979年

女民工　68cm × 45cm　1979年　　　新会　68cm × 45cm　1979年

86　　沙田女　68cm × 45cm　1980 年　　　　水乡姑娘　68cm × 45cm　1980 年

水乡女　68cm × 45cm　1980年

88　村干部　68cm × 45cm　1982年

女社员　68cm × 45cm　1982年　　河北老农　68cm × 45cm　1982年

90　　勤务兵　68cm × 45cm　1984年

王玉文

坑道工程兵〇〇三部隊
一九四二分隊电焊连班
一九八四年一月
昌古画於长辛店

电焊工兵　68cm × 45cm　1984 年

92　　农民本色　68cm × 45cm　1984年

冯北英等合作尽速寒寒
冯猫贵

工程兵 68cm × 45cm 1984年 93

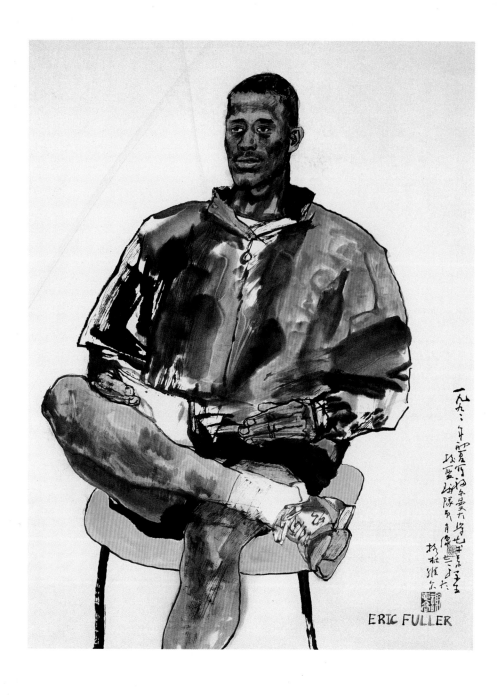

ERIC FULLER

94　大学篮球队员　88cm × 68cm　1992年

Amy Wilson

福尔曼大学生　70cm × 68cm　1992 年

96　鹅尾花　75cm × 68cm　1992 年

红果　75cm × 68cm　1992年

　农村干部　68cm × 68cm　1996 年

延安地区老农善持拐棍
到村镇看大戏 其乐融融之美
丙子九六年秋七月写
陕北糯真稿

陕北老农　68cm × 68cm　1996 年　99

100　打手机的女孩　128cm × 68cm　1998年

维族乐手　68cm × 68cm　2002 年

　虔诚　68cm × 68cm　2003 年

打工　136cm × 68cm　2004 年

市民 136cm × 68cm 2004年

106　秋赋　75cm × 68cm　1987年

访日印象　68cm × 68cm　1988 年

108　钟馗听风图　154cm × 90cm　1991年

双鸡图　68cm × 68cm　1992年　　　满园春色　68cm × 68cm　1992年

110　东坡哲语　68cm × 68cm　1992年

春意　68cm × 68cm　1993年

112　钟馗醉酒　68cm × 68cm　1993年

春晖　68cm × 68cm　1993 年

114　小园香径独徘徊　68cm × 68cm　1994年

岭南荔熟　68cm × 68cm　1995 年

116　小窗风卷落花丝　68cm × 68cm　1995年

杜甫行吟图　68cm × 68cm　1995年

118　　早春　68cm × 68cm　1996年

晨风　68cm × 68cm　1997 年

120　　静影摇浓月　68cm × 68cm　1998年　　　时装表演　68cm × 68cm　1997年

暖春　68cm × 68cm　1997年　121

垄上行　68cm × 136cm　1998年

124

大江东去　　68cm × 136cm　1998 年

秋菊院舍陶家遍繞籬邊似萬迤

日漸斜不是花中偏愛菊此花

開盡更無花　元稹詩　少可

126　佳荔　68cm × 68cm　1998年　　秋菊　68cm × 68cm　1998年

金秋　　68cm × 136cm　1998年

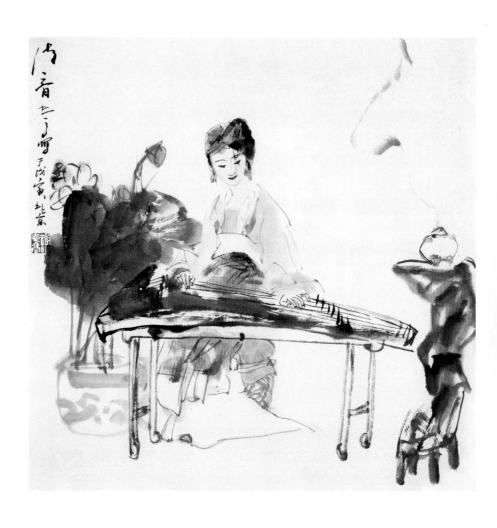

128　清音　68cm × 68cm　1998年

满江红　68cm × 136cm　1998年

130　清照词意　68cm × 68cm　1999年

132　春韵　68cm × 68cm　2000 年

赏梅　136cm × 68cm　2000 年

版纳之春　68cm × 136cm　2000 年

早春 68cm × 68cm 2002年

对弈楼飞图

老谋深算
一壶清茶
几个时辰
足子相搏
铁筋山采
有减约
虎一万足
牛犊不怕
一边是初生
谁胜谁负
鹿死谁手

松下对弈图　68cm × 136cm　2002 年

太白著詩圖

140

太白著诗图　68cm × 136cm　2002 年

142　秋风送爽金满园　68cm × 68cm　2002 年

太白松风　68cm × 68cm　2003 年

144　清泉古韵　68cm × 68cm　2003年　　　绿荫　68cm × 68cm　2003年

岭南多佳荔　　68cm × 136cm　　2003 年

146　落日熔金　68cm × 68cm　2003 年

锦上添花　68cm × 68cm　2003年

148　舞春　68cm × 68cm　2003年

150 《烽烟图》插图 68cm × 45cm 1982年

《烽烟图》插图　68cm × 45cm　1983 年

152 《春蚕》 之10 47cm×35cm 1985年

《春蚕》 之11　47cm × 35cm　1985年

154　《春蚕》　之12　47cm×35cm　1985年

《春蚕》 之16　47cm × 35cm　1985年

156 《春蚕》 之17 47cm×35cm 1985年

《春蚕》 之18　47cm × 35cm　1985年

158 《春蚕》 之21 47cm × 35cm 1985年

《春蚕》 之22　47cm × 35cm　1985年

160　《春蚕》 之24　47cm×35cm　1985年

《春蚕》 之30　47cm × 35cm　1985年

162 　《春蚕》　之38　47cm × 35cm　1985年

《春蚕》 之39　47cm×35cm　1985年

164 《枭雄吴佩孚》插图 180cm × 90cm 1987年

166　叶圣陶童话　180cm × 90cm　1994年

《皇帝的新衣》插图　180cm × 90cm　1996 年

168　《拇指姑娘》插图　180cm × 90cm　1996年

(1) 清朝时候，有一个翰林姓陈，在常州当了三年知府，刮钱刮饱了就告老还乡。

(2) 他是平度城南关人，回家后，就把旧屋拆去修盖了三厅二厢。又害怕有人谋杀他，便用砖垒成一座高墙，上面率着铁蒺藜，安上铁皮大门，还雇人给他打更望门。

(3) 他家的门前，每天都有骑马的、坐轿的，来来往往，很是热闹，又和连平度州官称兄道弟，真是有财有势。

(4) 有一天，他的小孙子叫老妈子领他到城北莲花湾去玩。

(5) 到了莲花湾，小孩子喜得乱蹦乱跳，一不小心掉进了河里，急得老妈子放声大喊。

(6) 附近的农民闻声赶来，急忙跳下河中把孩子救起。

1、一九六九年五月的一天，董良翻遵照伟大领袖毛主席关于"知识青年到农村去"的教导，带着父母的嘱咐，来到晋县贺家寨大队插队落户，受到了贫下中农和广大社员的热烈欢迎。

14、大婶听说还要扎脚时，就不好意思地说："我成天价忙着干活，顾不上洗脚，别扎了。"

17、从此，"小董会看病"的名声就传出去了，大人小孩不断来找他。有时候，他在劳动之余，也主动到社员家里去给病人扎针。

19、从县城回来时，天快黑了。走到东大溜庄村口，一条轮胎放炮，当地社员帮他把轮胎摘下来，并另找来一辆小车让他用。

《英姿飒爽》插图　　《河北文艺》1974年第2期
《中流击水》插图　　《河北文艺》1974年第6期

《风疾拙青》插图　　《河北文艺》1976 年第 4 期

　《值班》插图　　《河北文艺》1978 年第 2 期

《小社》插图 《河北文艺》1978年

41、战斗胜利结束了。特务队加两个日军伍长，一个也没跑掉。俘房队伍里排头第一个，就是挂着伤胳膊、耷拉着尖脑袋的斜楞眼。

46、铁头送了药，回到家，娘知道他当了骑兵，高兴得不得了。给他做平时最爱吃的饭——杂面条、小红辣椒熬白菜，还有两个荷包蛋。

45、第二天，吃过早饭，铁头高高兴兴地回刘家屯去。因为连领导给他一个任务：带回两包治哮喘的中药，给屯里的老房东杨大娘，还让他顺便回家看看。

16、小铁头一看，那槐树干上不是拴着佐藤的枣红大洋马么！快，快下手，勇敢点！他在心里鼓励着自己，闪电般扑向槐树下，拉开缰绳活结，旋脚飞身上马，一拦缰绳，大洋马腾开四蹄，向西飞奔而去。

《编草鞋》插图　　　《河北文艺》1978年第12期
《彩色的翅膀》插图　　《河北文艺》1978年第6期

《狱日重弃的人》插图　　　　　1979年

《静静的寒夜》插图　　《河北文艺》1979年第10期
《地窖里的重逢》插图　　《河北文艺》1980年第5期

《花蕾集》插图　　中国少儿出版社　1980年出版

26　面对贫苦农民暴风雨般的抢麦行动和保卫团的倒戈，气得伍雨田这个县党部委员暴跳如雷。他拿起电话，声嘶力竭地叫喊："穷棒子们造反了，保安队快来给我镇压！镇压！"

37　余敬唐叫开校门，把道静安置在一间教师宿舍，殷勤地说："你一路辛苦，请休息吧。邮校教员虽已满额，但我与鲍县长交情甚厚，一半天进城和他一说，量无问题。"说罢嘻嘻一笑，怀着不可告人的目的告辞而去。

117 饭后，道静来到晓燕房中，两个好友又滔滔不绝地谈起来，从谈话中，道静发现一向娴静寡言的晓燕感情有了变化，便笑着问她："燕，这一年多，你有爱人了吗？"晓燕脸一红："有了，可是还没决定。""谁？"道静问。

58　这天下课后，余进唐拿着一叠信走进教室，嬉皮笑脸地说："林先生，你的信。恭喜啊，永泽的媳妇刚死不久，有福之人不用忙……"道静一把夺过信，打断他的话："你这是什么意思？我有我的自由！说罢转身向宿舍。

120　尔后，道静转过身，充满感情地朗诵了一首诗："在大风大雨的黑夜里，你如同闪电照亮了我的生活道路，多么勇敢，多么神奇！我们没有倾谈，没有默许，然而，我相信你，热爱你。待到牢门被打碎，我们永远不分离。"

36 这是人们第一次听歪髻大婶不讲蛮话,所以大家都笑了,其中风芝笑得最甜、最开心……

34 歪髻大婶一把将春生揽过来,上下打量着:"来,让大婶也稀罕你。多好的孩子哟……"风芝一旁搭腔道:"可妈您过去一直把人家瞧扁了。"

35 "唉!那都怪你妈蛮,"歪髻大婶笑了,又冲春生和老肉成说:"我就没寻思,'四人帮'垮台了,啥样子人都会往好上变的!"

33 清福惊喜地接下钱,一看分文不差,赶忙握住春生的手,激动地说:"春生,人真变成咱队的好社员了啊!"一时间,夸奖称赞声四起,春生羞红了脸。

连环画《大解人趣话》选页　　《天津故事画报》1983 年

《历史的证明》插图　　《作品与争鸣》1983年第11期

　《戎马行》插图　　《昆仑》1983年

《李自成之死》插图　　1984 年

《瘸腿野马》插图　　《人民文学》1983 年第 1 期

《候鸟》插图　　《昆仑》1984年第1期

194　《不是河》插图　　《人民文学》1984年第1期

兄妹二人骑在金羊背上，越过茫茫大海……

迈达斯国王长成两只驴耳朵

1　一九四零年的夏天，黎明前的墨暗笼罩着沦陷后的法国。在夜色的掩护下，一架国籍不明的飞机，在布勒塔尼地区的上空，抛下一个黑影，掉头向西方飞去。

39　他看了一会，合起本子，对那个德军军官低声咕哝了几句。然后，他走到赫恩面前说："先生，你为什么不早说出你的名字？好了，戴格雷队长决定不征用你的房子了。"

68　以开饭店为掩护的浦来黑看到他，急忙把他领到了一个贮藏室里。赫恩不等他开口，就开门见山地说："老兄，请你马上安排我与电报员道格劳斯会面，我有紧急情报要他发出。"

6　阿贝丁接过他的简单行装，把他让到〔房〕间里。赫恩用一种使自己能尽快适应这里环境的〔目〕光，注视了一下室内的陈设。然后，模仿着考〔证的〕发音说："我母亲怎么样？"

8　一位老汉凑到画像跟前，仔细看了看，含笑说道："认得，认得，这是住在扇屏胡同的王二呀！"

9　戴进拜谢了老汉，按他指点的路径找到了扇屏胡同王二家，进门一看，果然是那个挑夫，他也正为此事着急呢，见戴进找上门来，又高兴，又奇怪。

198 《叶落归根》插图 　《深圳特区报》1985年10月5日

连环画《狩猎》选页　　1986 年

1 一九八六年四月十七日，伦敦希思罗机场气氛异常紧张，在旅客的周围布满了荷枪实弹的军警和警犬。

3 登机口内，一百二十名准备搭乘这架客机的英国人，正排着队，接受号称世界第一可靠的以色列航空公司的安全人员的检查。

4 飞机起飞前二十分钟，一位爱尔兰妇女走到检查台前。她找开自己的帆布旅行袋，将里面的东西拿出来。检查人员的手摸到包底时，眉头不禁一皱。

5 他用力撕开底层布，拿出一个十磅的塑料炸弹和一个已经定好时间的定时器，从指针所指的时间表明，爆炸将在飞机起飞后发生。站在一旁的爱尔兰妇女被吓呆了。

6　这时，机场内外响起了刺耳的警报声。一群武装警察冲到她的跟前，给她带上了手铐，簇拥着推出了人群。

7　她立即接受了审讯。她叫安妮·玛丽·墨菲，三十二岁，现在伦敦希尔顿饭店当服务员。这次她要和男朋友奈扎尔·辛达维到特垃维夫度蜜月。

8　保安人员立即查到有关辛达维的情况。辛达维是约旦人，三十五岁，已婚。墨菲是在一年前认识辛达维的，据辛达维说，他是卡塔尔一家报纸的记者。

9　两天前，辛达维突然找到她，并买了一件二百多英镑的结婚礼服，要同她到以色列结婚。当时，墨菲已经怀孕六个月，不照他的话去办又有什么办法呢？

10 早上，他俩来到机场，辛达维突然说，他是阿拉伯人，不愿坐以色列的民航。他交给墨菲那个帆布包，说他将乘第二天的航班赶往特拉维夫。

11 墨菲万万没有想到，辛达维交给她的是一枚定时炸弹，竟要将她和全机四百余人炸死。墨菲痛苦地抽泣着。事情很清楚，真正的凶手是辛达维。

12 希思罗机场响起警报后，全副武装的军警立即封锁了机场。候机楼的旅客被撤离现场，排雷专家将定时炸弹移到登机要外面的空场上，解除了引爆装置。

13 伦敦警察厅把辛达维的照片传给欧洲各地的警察局。英国各大报纸均在头版刊登了辛达维的照片，发表了通缉令。

14 伦敦警察厅侦缉队立即赶往辛达维居住的"宫殿旅馆",发现他已结帐离开了。辛达维到底逃到哪里去了呢?

15 十八日早上,伦敦肯辛顿荷兰街的"宾客旅店",走进来一位三十多岁的男子,此人自称伊扎姆·沙拉。旅店经理沙立一眼就认出他就是通缉的在逃犯。

16 沙立即给旅店老板奥兰打电话。五十八岁的奥兰二十年前,在约旦驻英国大使馆工作时和辛达维的哥哥马哈默德共过事,后来便认识了辛维。

17　接到沙立的电话，奥兰立即赶到旅店并劝辛达维到警察局投案自首，接着又打电话叫来了辛达维的哥哥。

18　兄弟俩一见面就吵了起来。辛达维坚持说他往包里放的不是炸弹而是药品。

19　下午，奥兰给伦敦警察厅打了电话，大批军警包围了"宾客旅馆"。辛达维终于被抓获了。但是，辛达维为什么这样干呢？这有待警察厅去审问了。

速写与创作草图

suxie yu chuangzuo caotu

212　速写　七十年代作

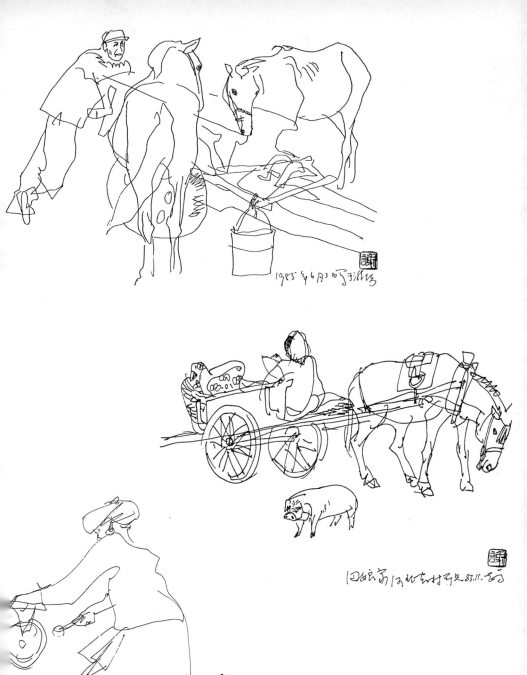

1985年6月3日写于临坊

回民家河边村所见 83.11.

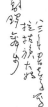

山东滕州张爱吉役不喜可造写
1985. 6

余川
1985.6.3于滕州
知名某节

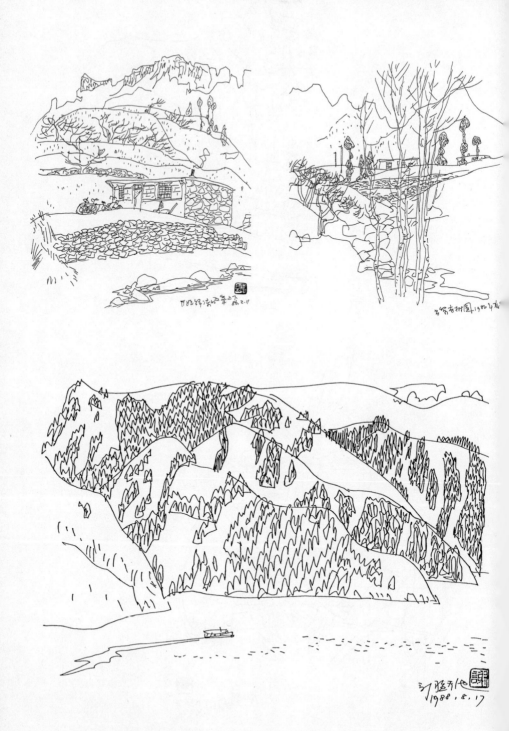

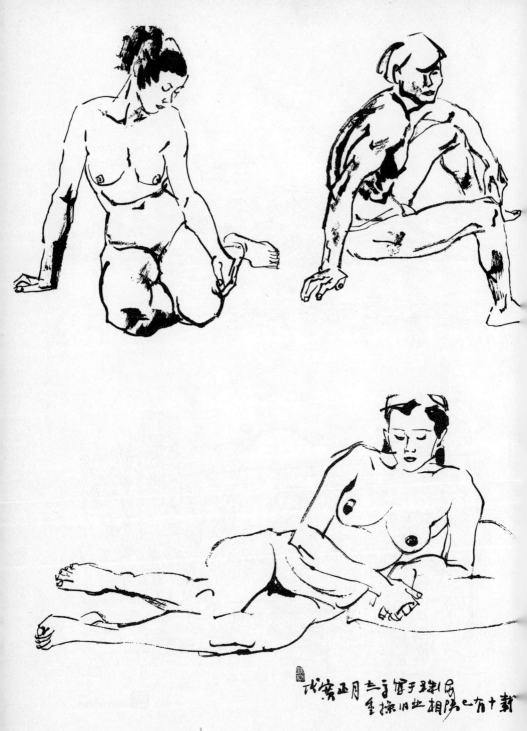

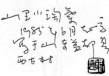

体样远物之虎头 物1

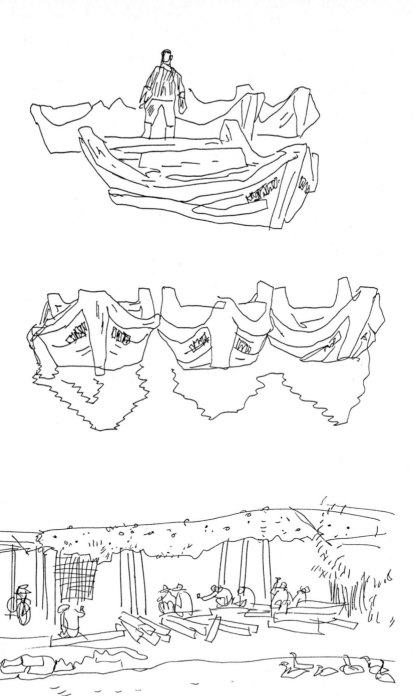

村童乐图

潮州村墟方坑溪

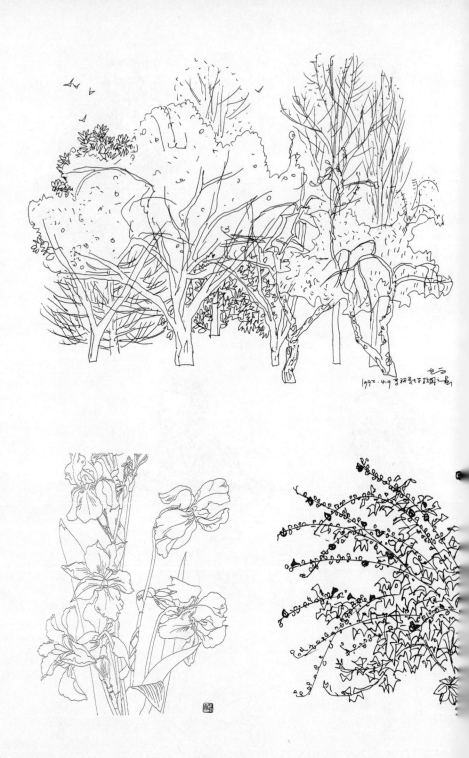

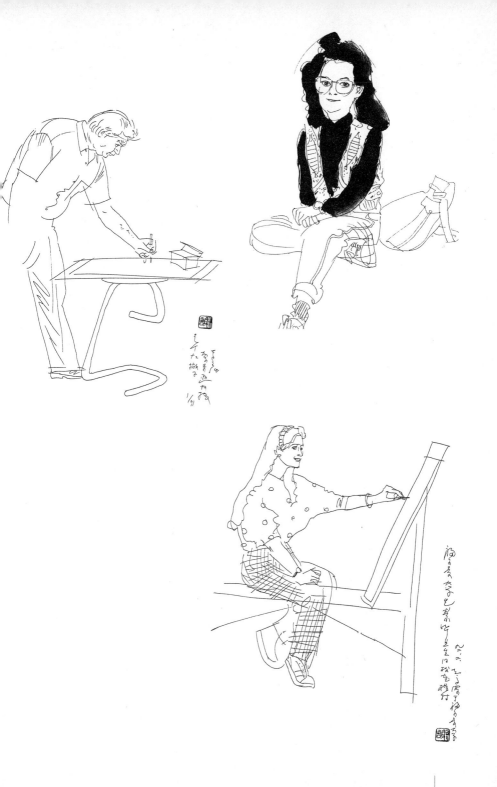

244 　《春蚕》草图　1985 年

《春蚕》草图　1985年

246　《春蚕》草图　1985 年

《春蚕》草图　1985年

《战海河》草图　1973 年

250　《黄河之巅》草图　2001年

《老舍》草图　2001年

《青藏高原》草图　2001年

《渤海银滩》草图　2003 年

258　《路》草图　2003 年

自　叙

● 谢志高

我的造型是写实的，艺术语言则不旧不新、不古不今、不中不西，可谓中庸。

一个国家要发展，先求安定。中国画要发展，也不一定非对传统反目成仇，刀枪相见。平平和和地变，逐步地变，比一百八十度地"突变"要好。我认为"渐变"更符合艺术发展的规律，这样既符合国情，也符合自己的个性。我生来就不是那种"鹤立鸡群"似的领军人物，言谈举止平凡，喜欢默默地融入普通百姓之中，成为"芸芸众生"之一员。不到一米七的个头，北方人眼里的矮子，南方人眼里的中等个，不太扎眼，外表不像个艺术家。

五六岁时就莫明其妙地爱画画，祖先追溯起来可能画过彩陶，但不见经传。自己作画没有"招"数，只靠手里的毛笔愣写上去，一握几十年，习惯了。让我不用笔，不用线，不照书法的道理，我做不来，我自认为是属于"墨守成规"的一类人。生活上我也是一板一眼，没有浪漫色彩，不沾烟酒，不熬夜，睡不了懒觉，尤其不善应酬。

常有人说作画要"真诚"，但见其行动，却往往是绞尽脑汁，诚心要"吓"你一跳的。在大谈艺术个性的今天，我倒常常不合时宜地想，每个活着的人都互相不能代替，器官移植也有"排他性"，谁也不是"克隆"出来的。当你走到大街上，要看红绿灯，要遵守交通法规；当你开会时，上面在讲话，你不能在底下喧哗；大家排好队，你不能"插队"；购物后必须如数付款……都是共性，都必须遵守一个共同的法则。那么艺术是否也应有共性？一个民族，一个国家的艺术，一个画种，有哪些东西是共同的？是否有了共性就一定会取消个性？共性与个性是水火不相容的吗？

搞经济讲中国特色，搞艺术也要讲中国特色。

常听人呼吁要与西方接轨。现代

西方艺术的发展经历了许多"主义"、"浪潮"和"流派"，难道我们也照样走一遍？我以为未必。鲁迅说："路是人走出来的。"只要我们自己能迈开步，就可以在中华这块土地上走出一条路来。

几十年来，画了一些大画，也画了许多小画。大的丈二，小的是连环画、插图乃至尾花。因为学的专业是人物画，自然要面对社会现实，面对人生，描绘中国老百姓。以我的生活经历和受教育的过程，依我个人的感悟和理解，我在反映社会题材的作品中追求凝重的艺术表现；同时，在篇幅不大的小品中我又喜欢运用灵动、洒脱的语言，给人以清新、愉悦之感。前者形象求敦朴厚重；后者形象求优雅秀美。

个人风格是艺术家成熟的标志，是艺术家追求艺术个性的结晶。但是对于不同的题材内容，不同的生活感受，应该寻求不同的与之相适应的艺术语言，也就是内容与形式的完美统一，而不能以"一变应万变"、"千人一面"，为"风格而风格"，不断地"复制自己的专利"，那样艺术的生命将日益衰竭。

我希望在现实主义的基本范畴中注入现代意识，追求生活、传统、个性与现代感的有机统一。

在宇宙中，地球很小；在地球中，人也很小。因此，世界是博大的，生活是丰富的。我不愿拘泥于一地一事一个小范围的挖掘，而喜欢全方位的视野，大面积的拓展。不论山川、平原、湖海、小溪、东南西北；不论工农商学兵，各个阶层、各种人物；不论山水、花鸟、人物以及不同门类的姊妹艺术，我都乐意涉猎。艺术的灵感，全靠它们给予我。

今天，我们已进入数码时代，但我相信艺术还是人的劳动，是手工劳动，是需要基本功的。人生，是非常短暂的，伟人是极少极少的。伟人是嵌在天空中可以永远闪烁的星星，而其他人，奋斗一生，顶多才够得上是在无垠的夜空中划出一道转眼即逝的光亮来的流星。艺术家的作品，即是这道光的轨迹上的点。毕生的成果，积点成线，拉长了这道轨迹，那么能有多长？能否亮丽？这都得由别人去看了。何况，说不定还看不见呢。

2002 年 11 月 15 日

被邀请为中央电视台《真情无限》栏目嘉宾　　（摄于 2002 年夏）

新与旧

● 谢志高

"新"，未必都好，但"求新"、"创新"却是人类社会发展的需要。各行各业都在不断地做着"没有先例"的事情，于是人类才有进步，社会才能发展。一部人类历史，正是在不断求新、求变、创新中写就的。

"旧"未必都坏，今日的"旧"也是过去的"新"。"旧"也是人类创造的良果，其中自有价值。今日的"新"何尝不是从过去的"旧"中吸取营养脱胎而出的呢？所以，对一切"旧"的东西，需具体分析，把有用的分解出来，不能一概否定。

对于"新"与"旧"，有两种情感上的"误区"，或叫做"逆反心理"，此种心理极大地妨碍对"新"与"旧"的认识。

因为凡"守旧"者，未必都如"求新"者认为的那样保守和顽固，那样守残抱缺，那样泥古不化，而凡"求新"者，也未必如"守旧"者认为的那样"赶时髦"。

当然，其中不乏平庸者、无为者、浮躁者、混世者、欺世盗名者，但却不能因此而将有识之士、有勇之人统统否定。凡事均需具体分析、区别对待、一分为二，方能辨明方向、理出头绪。

年轻人大部分属"求新"者，而年轻人优点与缺点共存，同样突出。如果因其缺点而一言而蔽之，乃"一叶障目"也。

长期受过专业训练者，对传统与技术有相当积累，较易"守旧"，而难"求新"，从感情到技艺，都是"守旧"易而"求新"难。而对于学历、资历较浅者，自然是无"旧"可守，倒是"求新"易而"守旧"难了。

由于"求新"者年轻人多，"守旧"者年长者多。20世纪70年代之后成长起来的年轻人在西方冲击下成长，其生活态度、行为方式、价值观念均与年长者不同，形成"代沟"，相互不适应，从而影响对"新"与"旧"

在新疆巴音郭楞蒙古自治州接
受记者采访 （摄于2002年）

在澳门举办个展期间同澳门理工大
学学生座谈 （摄于1999年9月）

的认识。

　　总之，"求新"是历史的必然，"求新"是惟一出路，"求新"才有艺术生命。

　　我辈"求新"既难，当不可幻想一夜之间出现奇迹。路，可一小步一小步地走，积点成线，终成大道矣。

2001年9月16日

关于中国人物画造型能力的锻炼

● 谢志高

绘画，是造型艺术。一幅中国人物画，就形式而言，有两大要素：一是造型；二是笔墨(包括色彩)。因此，人物造型能力的锻炼十分重要。

我，作为一个在美术院校学习十几年的学生，在学习的长途中有过许多教训。关于人物造型问题不可能作全面的论述，只是想从学生的角度，对最有感触的方面谈谈自己很不成熟的看法，希望能引起大家的兴趣，共同研讨，以求得中国人物画的基础教学能更好、更健康地发展。

"写生能力"不等于"造型能力"

多年来，"造型能力"这个概念，几乎成了"写生能力"的同义词。究其根源，与提倡"素描是一切造型艺术的基础"有关。美术院校教学中的素描训练，就是对着真人或实物写生(静物、石膏、风景等)。拿这种方法来培养中国人物画的写生，自然就养成一种依赖思想，非对着对象写生的造型习惯。学生一旦离开对象，便茫然不知所措。手里没有橡皮，面对宣纸，提起毛笔来就战战兢兢的。虽然翻开素描写生作业，"5分"比比皆是，然而凭空定个人物造型，却十分艰难。

中国书画同源。用笔以书法为基础，要求落笔成形，不能涂改。尤其在宣纸上作画，更须意在笔先。脑中有了成熟的造型，才能笔畅墨酣，浑洒自如。倘若不具备较强的人物造型能力，落笔时难免左顾右盼，在造型上兜圈子。那样，笔墨是发挥不好的。明清以来的写意花鸟画，水墨淋漓，气势磅礴，创造了我国写意花鸟画的高峰，这与画家都具有精深的造型功夫是分不开的。

当然，今天我们吸收西方艺术的解剖、透视、素描等科学，通过写生训练可以更细致地研究对象，以提高我们表达对象的能力，这是必要的，是有好处的。但是，写生能力只是造型能力的一个方面，写生训练，也只是提高造型能力的途径之一，它并不是惟一的途径。

在马来西亚艺术学院讲课　　（摄于1995年）

要进一步提倡"默写"

最近，叶浅予先生在讲学中又一次提出以"慢写、速写、对写、默写"四种写法作为人物造型锻炼的方法之一，它兼有中西法之长，比单纯地搞素描练习和对着人写生要全面得多。

"四写"当中，以"默写"最难，但往往易被忽视。我认为，如果能更加重视默写的意义，坚持长期的默写锻炼，对于人物造型能力的提高，将是十分有益的。

我们的祖先，历来就具有默写的优良传统。历史上有名的人物画巨作、五代顾闳中的《韩熙载夜宴图》

成功地刻画了韩熙载为逃避朝中权贵的倾轧，玩世不恭、寻欢作乐，但掩饰不了内心的苦闷、惆怅这一矛盾心情。画中几十个人物饮酒、奏乐、起舞、交谈，都栩栩如生，造型准确、洗练、生动。这样的巨作，却都是画家夜晚偷偷到韩家窥视之后，凭脑子记忆的印象默写出来的。我们在钦佩古代大师高强的造型能力之余，难道不引起更多的思索么？

目前在教学中进行的默写练习数量有限，而且经常是在对模特儿写生以后再布置画一次默写作业。这种做法有一个弊病，就是学生容易变成去"背"出自己刚刚画过的写生画，而不是默写那个"人物"。最好还是不经过写生，直接用眼睛来观察，用脑子记，或者先默写，后写生，才能保持对模特儿最新鲜的感觉。学生想到的应该是"人"，是这个人的造型特点，而不是复制一幅自己画过的画。

进行默写练习，应包括两种：一种是针对某个具体人物的；一种则是泛泛地默写一种印象，是综合了的人物造型。这样，默写的取材范围就十分开阔，随时可以进行。比如，可以默写一位自己熟悉的朋友，可以默写一个电影里的角色，可以默写在街上看见的陌生人，也可以随便默写一个脑中综合起来的工人、农民、战士

的形象。

练习默写，开始总是力不从心，画得很不准确、空洞、概念。但不要紧，因为可以使自己发现问题，找到造型上的漏洞。今天画一只手画不好，就迫使自己要去仔细观察和研究手的结构、手的动作和手的造型规律。这样一点一点地记，一点一点地改，日积月累，就能大体掌握人物造型的要领，认识人物造型的规律。而且一旦掌握，就不会忘掉。不像有模特儿在面前，可以看一眼画一笔，形象在脑子中扎不下根来。

练习默写，重要的是要养成习惯，达到一看到白纸，手就发痒，抓起笔来就要画上几下。儿童画画，多是默写，他们瞪大一双眼睛，对万花筒般的世界里的一切都那么好奇、新鲜、专注，画起来虽然稚拙，但生气盎然。坚持默写练习可以多保持一点孩童对待生活的敏锐感觉，这对于搞艺术的人无疑是一种十分宝贵的素质。

总之，我认为在教学中有必要大力提倡默写练习。目前的默写安排不仅量少，且多局限在课堂中。学生走出校门，到工厂、农村去体验生活，带回来的仍然是一大堆头像写生，速写则有多有少，默写可就寥寥无几。到生活中去进行默写练习是最宝贵

的机会，白白丧失，未免可惜。

要注意观察人、研究人

观察人、研究人这个工作，文学家是时时都在做的。他们将之作为一项重要的基本功，同时又是文学创作积累素材的重要手段之一。而我们画画这一行，在这方面就很薄弱。

人，因其先天的遗传和后天的经历不同，呈现出从生理到动作习惯的外部形态的千差万异。这些不同的造型特征可以窥见出不同人的性别、年龄、职业、个性和心理状态。一名训练有素的公安干警能够十拿九稳地从熙攘的人群中识别出扒手，根据什么呢？就是依靠平时对这类人物的观察、研究，从而练就了一双侦探的眼睛。我们画画的则应该训练出一双"造型"的眼睛，时时处处注意观察和研究人的造型特征，开阔视野，以求最大限度地扩大自己脑子里的造型库存，否则，光靠纸上练习是很不够的。即使你再勒快，也不可能不分时间、场合地手里拿着速写本。每天更多的时间只能靠自己的这双眼睛来"画画"，这不仅能把练功时间增加许多倍，而且还能抓住许多稍纵即逝的生动造型。

在新疆写生 （摄于1988年）

在福建惠安渔村 （摄于1996年）

关于中国人物画造型能力的锻炼 269

实践证明，注意在生活中观察和研究，不仅锻炼了造型能力，而且能触发创作的灵感，为创作提供许多富有生活气息的生动造型素材。我们翻开《清明上河图》卷，其中一段描绘大船过桥时，船夫们齐心协力，路人前呼后拥、争相围观的场景，十分生动。宋代还没有照相术，画家也不可能像今天一样用速写在清明节时对照写生，只有靠眼睛来观察。同样，唐代的《百马图》，画中的马群千姿百态，无一重复，也是画家长期观察、研究的结果。

善于在生活中、在人物自己的自由活动中观察、研究，是我国民族绘画的传统。元代王绎在《写像秘诀》中谈到，"彼方叫啸谈话之间，本真性情发见。我则静而求之，点识于心。闭目如在目前，放笔如在笔底"，并感叹，"近代俗工，胶柱鼓瑟，不知变通之道。必欲其正襟危坐，如泥塑人，方乃传写。因是万无一得"。清代蒋子骥也总结说："画者须于未画部位之先，即留意其人，行心生卧，歌呼谈笑见其天真发现，神情外露。此处细察，然后发笔，自有生趣。"

我们并没有吸取古人这些好经验，在写生教学中常常是模特儿一来就忙着摆姿势，学生对模特儿是完全陌生的、毫不了解的，尤其是把模特儿装扮成少数民族或其他的与自己身份毫不相干的"人"时，学生便会不知不觉地把这个活人当成标本、模型来画，结果形存而神亡。

现在许多学生对人"熟视无睹"，没有养成观察、研究的习惯。只是当他开始拿起画笔准备写生、速写时，才肯睁开"造型眼睛"，这样是难以看到活生生的富有个性的造型特征的。所以，尽管许多学生都有较强的写生能力，但能做到形神兼备者则少。

对人的观察、研究，除了在公共场所留意捕捉之外，应该像作家那样在生活中对自己所接触的人物系统地、分门别类地进行。比如，一位长者学识渊博，待人谦和；另一位年轻人颇有才气，却自命不凡，剑拔弩张。这两人从脸部形象到体态、服饰、举止各有什么特征？其共同处和不同处在哪里？有哪些瞬间的造型较能显出各自的性格？当我们到农村去，住在老乡家里，不也可以对房东大娘做一番观察、研究吗？先了解她的身世、为人；再看她干农活、操家务、待人接物等外部造型特征。观察到有一定心得时，就要默写下来，算是美术日记。我想，这样做是十分有趣的，也是有益的。

要学画连环画

我们暂且不谈连环画的社会意义和艺术价值，单从锻炼人物造型能力的角度来分析，它也有其不容忽视的作用。

一部连环画，通常都由几十幅乃至上百幅图组成，它好比一部不动的电影，里面出场的人物众多，还有复杂的环境、道具等，都要靠绘画者运用形象思维，把文学作品(脚本)中的文字描写变成可视的艺术形象。你自己既是导演，又是演员，还是布景设计师。一部连环画里的人物造型是多种角度、多种动态、多种精神状态的，这些都不可能去找模特儿一一摆出来，再照搬到画面上去。那么，就要靠平时对生活、对人的观察、研究，要提取自己的造型库存，要靠默写能力。连环画家贺友直长期从事连环画创作，卓有成就。他过去极少画写生，速写也很少，创作时就是"空对空"对着稿纸愣画出来，他的造型秘诀就是靠"眼睛画画"，时时在生活中观察人、研究人；靠默写、靠在创作连环画的不断实践中锻炼造型能力。我们有些画惯大画的人一搞起创作来往往需要一根"拐杖"——模特儿和相片，一丢开它就寸步难行，而对连环画这点"小方寸"不屑一顾，殊不

知只要肯学一学"雕虫小技",倒能帮助自己丢掉"拐杖"。

我国当代许多有成就的中国人物画家都曾有过连环画、插图的创作实践,不少还是长期搞连环画后才涉猎中国画的。他们从连环画的创作中锻炼了默写能力,提高了造型本领,从而能够摆脱造型的束缚,集中精力于笔墨的发挥。

总之,对于不注重观察和研究的人,缺乏默写锻炼者,画点连环画,能把你"逼上梁山",是克服此种弊病的良药。

重在传神

重在传神,是我国绘画的现实主义美学原则。中国画以线为主要造型语言,也就要求经过高度提炼、概括,以达到适合用线来表现人物造型。它不去追逐那些变幻莫测的光影,摈弃那种表面真实(即与自然形态的表面现实十分接近)的自然主义手法。正因为这样,古人能够采用以默写为主的方法来锻炼造型能力。不难设想,如果把顾闳中的《韩熙载夜宴图》画成油画,那么,任你有再强的记忆力,也难以默写出来的。

我们所要锻炼的造型能力,既是基于中国画这种特定的艺术形式,又要遵循以传神为目标的美学观点。因此我们不能面面俱到,被繁琐的细节蒙蔽,而要首先抓住"神"。

黄宾虹先生的山水写生铅笔画稿,都是寥寥数笔,以求其神而定。齐白石先生画虾几十年,为了达到神似,不断地从造型上推敲,到60岁以后,又进一步删去虾的若干小腿,增添几根短须,才使虾的造型更臻完美,从而塑造出一群群在水中嬉戏、充满生命力的、令人喜爱的虾的形象来。世界闻名的敦煌壁画、永乐宫壁画,其人物造型用线勾勒,十分简练,却非常传神。

为了使我们笔下的人物能够活起来,进行人物造型的锻炼时就一定要把着眼点放在传神上。否则,我们苦苦磨练出来的人物造型就不是艺术形象,而是一堆没有生命的模型。

1980年9月26日

速写 （2002年摄于新疆巴言郭楞）

采风 （2002年摄于北京郊区）

水墨挥毫 （2002年摄于新疆巴言郭楞）

也谈负荷力

● 谢志高

读了《中国美术报》第34期上思微的文章《超负荷与扩展负荷力》，甚有同感。

中国画，解放以来的几十年间，相当程度承袭了元明清文人画的传统，这一方面使得文人画后继有人，另一方面也使路子越来越窄。"水墨为上"几乎成了中国画的同义词，结果造成中国画形式单一，语言贫乏，表现题材狭窄，表现力薄弱。用思微的话说，便是负荷力愈来愈小了。这种状况与社会的变革、时代的进步所要求的新的负荷是极不相称的。

当然，我对中国画的前途不持悲观态度，尽管目前人物画坛较为沉闷，但大家都憋着一口气，其中不乏卧薪尝胆之士。

按照文人画的一套规范来表现今天的人和今天的社会面貌，常常是迂回曲折、蜻蜓点水，画面容量狭小。自美之词便是"以小见大"之类。似乎奔腾咆哮的激流、威武雄壮的乐章与它无缘，或有尝试者，又往往被指责为违背中国画本身的规律，破坏了传统艺术优势，这使得一些越轨者勉强为之，必暴露出超载之弊来，既失去传统的笔情墨趣，又缺乏壮美恢宏之力，令人泄气。

翻开中国美术史，自有人物画始，我们的祖先一直在致力于负载重

1982年，为创作《建设者》
爬了许多北京建筑工地。

荷的艺术创造。解放以后，中国人物画家也曾在表现社会的重大主题上做过努力，并取得一些突破，但由于受到政治运动的不断干扰，尤其是受"文化大革命"之害，往往使这种负荷步入歧途。

近年来，我们受到西方艺术的空前冲击，积极与消极两种影响并存；形象思维、形式美感、个人风格、审美价值等艺术规律大行其道，使中国画呈现勃勃生机。而回避现实、我行我素，持一孔之见、保一拓之鲜，花前月下，象牙之塔，加上商品画的泛滥等等现象，则妨害了中国画负荷力的提高。

当前，形势逼人，除了油画以其无可争辩的负荷力屹立于画坛之首外，雕塑、版画乃至连环画也纷纷争奇斗艳，扩大了自身的容量，就是中国画中的山水花鸟画，也展现了其开拓新的题材领域，寄托更博大的时代感情，表现阳刚之气的追求。

诚然，困难是很大的。画家首先要排除干扰，投身到生活的洪流中去接触新的事物，在继承优良传统的同时，探索新的形式，开拓新的审美领域，创造新的技法，这需要长时间的磨练，需要坚忍不拔的精神。另一方面，社会必须给予支持，应当高瞻远瞩，制定切实可行的措施，大力扶植和组织队伍进行多层次的创作活动。

《建设者》是我用中国画表现建筑题材的初步尝试。建筑工地的生活十分激动人心，但当我爬了许多正在施工的高楼，搜集了素材之后，才发现很难入画。虽然建筑工地的整体很有气派，但就每个施工现场、每个焦点所处的局部来看，却是零散、平淡，甚至冷清的。如何解决这个矛盾？后来，我从建筑设计中受到启发，把不同时间、不同地点的劳动集中起来，不同工种的工人集中起来，用象征的手法，组合成一座建筑工人的群雕。气氛出来了，我找到了表现主题的特殊形式。它不尽合理，但符合我对生活的感受。构图确定以后，又在人物造型上夸张其方直，用积墨法表现凝重，用统一的灰绿色(中国画颜料石绿为主)向青铜雕塑靠拢……运用形式力感来讴歌建设者用劳动创造的丰碑。

原载《中国美术报》
1987 年 9 月 28 日

我画《春蚕》

● 谢志高

《春蚕》是我1981年应《连环画报》之约，由该刊提供脚本，于1985年初最后完成的。

1981年春天我到江苏无锡、苏州一带农村边搜集素材，边阅读茅盾的原著。根据对农村生活的体会，确定了我这套画的基调——真实、朴素、沉郁。

我试图以浓重的、较多层次的笔墨，结实而富于内涵的造型，以中间色

二十世纪八十年代在王府井帅府圆家中作画

为主调的灰调子，来体现原著所表达的20世纪30年代旧中国农民的苦难。

中国画通常以白纸为背景。我为了加强气氛，使画中人物处在特定环境氛围之中，决定画满整个画面，基本不留空白。在色调处理上，力求既保持整套画有一个统调，又根据不同情节各有区别，使之有起伏、有变化、有节奏感。

姚有信画《伤逝》、贺友直画《白光》，都是以简取胜，往往寥寥数笔，意味盎然，充分发挥了水墨写意画的笔情兴趣。

就我阅读《春蚕》的感受，并据我多年对农村生活的体验，农村，无论是北方还是南方，都是那么沉重，那么丰富，不是用三言两语所能描述清楚的，故我采用"繁"的手法来表现。丢开平时惯用的痛快淋漓的写意技巧，笔法力求凝重，直至有生涩感，行笔如荷重压，好像书中主人公老通宝步履蹒跚在走艰难坎坷的人生之路那样。

为了刻画较有个性特征的人物形象，必须表现出立体感，不能单纯依赖于动感的线描。尤其处在室内阴暗光线下养蚕的人物，不可避免地要碰到一个素描明暗调子的问题。我的准则是利用之，但目的不是为了表现素描中的明暗与光影，而是借以塑造人物,渲染气氛,追求厚重的笔墨效果,故于可用可不用时,则不用。室外不用,室内慎用,重点在于突出形体、结构和神态。

以下谈谈这套画(四十幅)每一幅构思的要点:

(1)构图作俯视处理,造成人物往上爬行的艰难感和压迫感,作为全套画的开篇。

(2)老通宝背向观众,惆怅地面对大河。一艘火轮,一只古老破旧的帆船,两相对照,引人遐思。

(3)文字表现人物的内心活动,画面却缩小人物,作全景式处理以展示江南水乡风貌,从而回避了绘画难以胜任的对抽象思维的表达。

(4)江南空气湿润,清晨笼罩在迷茫雾气之中,使之空灵、含蓄,并与后面情节发展的"实"与"重"相对照。通篇设计意向是从虚到实,从轻到重,从淡到黑。

(5)作单人肖像处理,其他人物均不出场。

(6)阿多从雾中出现,但距离过远,位置也太高,效果与构思相左!

(7)荷花出场,也作肖像处理,表现她"土"中带"浪",但仍不失为一位令人同情的旧时农村妇女。不能过分,过分便丑陋了。

(8)老通宝蹲着修蚕台,背上是古老的屋舍。整幅以墨为主,旧而黑,暗示人被古老的封建习俗笼罩。

(9)透过四娘跪地,郑重而小心翼翼地在糊蚕单的侧影,赋予这种蚕事活动的宗教仪式的色彩。

(10)挎着篮子、抱着孩子、挑着担子(水桶)——这就是我对江南农村妇女的印象。集中为在村庄上偶尔相遇的寒暄,而不是有闲功夫串门子、拉家常,这才更符合农村生活的真实。

(11)老通宝在屋里坐不住,又不愿出门见人,在小院天井中哭丧着脸。采用直线,以加强气氛的严肃感,以示人物外形僵木而内心却十分紧张。环境用水晕开,以"虚"突出老通宝的"实"。

(12)处理为在四娘房内床上,这样与文字说明更贴切。突出刻画紧搂胸口的双手,这是全画最集中、最突出的部分。

(13)老通宝深深地弓下腰,与泥墙浑然一体。

(14)一般。

(15)过场戏。全家的视线集中在四娘手上。

(16)室内背景全用浓墨涂染,以突出在黑暗中求生存的老农形象。

(17)荷花孤零零地呆立在石牌坊残骸似的石桥上。石桥以焦黑枯笔勾、皴、点、染,以求富于力度。

(18)以全景式的俯视处理，两家庭院，三个人物，使之展现戏剧冲突效果，并具有农村生活气息。

(19)月夜，老通宝从屋里提出一只空筐。从窗隙帘缝透出油灯的光亮，可以想像他家彻夜忙碌着。

(20)全景式构图，表现江南水乡特色。尽量避免整套画都以人物为主的枯燥单调感，使贫困的农村也略有抒情诗的情趣。

（21）日以继夜、夜以继日地劳碌，短暂的歇息只是在吃饭、打盹的时候，把老通宝的焦急、盘算安排在吃饭时，既符合生活实际，又增加一个刻画贫寒家境的机会。

(22)向财主借钱。不同身份，不同心境；门里门外，两个天地。

(23)昏暗、沉重、单调、疲惫，是此画所要求的效果。

(24)粗笔淡抹，形影草草，这是阿多睡眼朦胧中一闪而过的印象。于众多浓重的画幅中，夹一幅笔调轻淡的，也许有利于减轻由沉闷造成的单调。

(25)静静的夜，似幽会的环境，但却不是幽会。

(26)清晨，唧唧喳喳的群雀，犹如多嘴多舌的村姑。

(27)由里到外的渲染，可加强表现阿四夫妇和老通宝沉重的心情。阿多在屋外的明处仍是理直气壮，显然未做亏心事。

(28)这是老通宝惯呆的地方和习惯的姿态,此时的心情却与室内昏暗的光线浑然一体。

(29)背起小孙子(大概有不少日子顾不上了),也许是老通宝最乐意的举止了。蓝天飘着白云,应该是好年景的兆头。

(30)满幅撒着落日的余晖,希望在每个人心上跳动,一片欢愉气氛。

(31)过场戏。屋外迎接(凡能画在室外的,尽量画在室外)。

(32)未及入屋即话入正题,情况不容乐观。

(33)构图力求空空荡荡,但人的心境并不宽松。

(34)以景为主,但目的并不在于景物本身的描写。

(35)在淅沥的苦雨声中,人物莫衷一是地计议着,更加心灰意冷。

(36)借用照相艺术中的变焦原理,把焦点对着中景的一伙人,近景的老通宝反而不引人注目。

(37)船载着茧子出发,河边相送。过场戏。

(38)人在码头上的种种形貌。

(39)故事结局。着重刻画悲惨遭遇中的老通宝父子。

(40)最后一幅与开首的一幅都采取俯视构图,不同的是,第一幅人似向上爬,最后一幅却像向下坠落,坠入痛苦的深渊!船头阿多在熬药,船尾阿四在掌舵,老通宝卧舱内。一筐卖不掉的蚕茧,像一堆殡丧的白花……

原载《画廊》
1989年第24期

老照片的回忆

全家福（右二为谢志高）（摄于1950年）

小学时照片

初中毕业时照片

附中时期照片

考入广州美术学院
附中，一年级时在
学校教学大楼前留
影（摄于1958年）

大学时期充满理想　（1961—1966）

大学毕业，在校参加创作幻灯片和编写
脚本活动　（摄于1966年）

为创作《万物生长靠太阳》在邯郸农村体验生活
（左一为胡振宇，右二为谢志高）　（摄于1975年）

在广东农村写生
（摄于1980年）

"长征"途经广西东南
含矿与工人一起下井
劳动出井时合影（前
排左一为谢志高）
（摄于1966年冬）

在河北省出版局当美术编辑
（摄于20世纪70年代）

谢志高与宋雅丽回老家汕头
市结婚 （摄于1971年1月）

关于中国人物画的艺术语言

● 谢志高

在轰轰烈烈的那个年代，作为对政治具有直接服务效应的人物画，有着特殊的地位，也产生过不少优秀作品，不可一笔抹杀。但是，仍有大量作品因其题材内容的政治份量而掩盖了艺术语言的光芒。画家的着眼点曾长期囿于主题先行的框框，忽视或不敢对形式进行探索，这种负面影响是很深远的。以至于"文化大革命"结束以后的二十年来，一提起主旋律，便产生逆反心理，大有"杯弓蛇影"之态。许多人物画家纷纷躲进淡化了政治的避风港里，在风平浪静中自在地寻找艺术天地，抛开了题材内容的先导性。其淡化的程度，几乎同符号一般，尤其一批年轻画家过"传统家门"而不入，不背负"传统包袱"，从而身轻步捷，大量吸纳西方现代艺术语言，使古老的传统中国人物画呈现出缤纷多彩的风貌。人物画坛的这股活力，无疑对中国人物画的发展具有积极意义。

然而，改革开放的大潮汹涌澎湃，中国社会发生的深刻变革犹如战鼓催春，当人们在小夜曲的催眠中惊醒时，需要的是力量和石破天惊的号子。一句话，人们又重新呼唤精品，企盼力作，要看"重头戏"。这就要求中国人物画，尤其是水墨写意人物画应有新的突破。依我的理解，这个突破，首先应该是艺术语言的突破。

凡是在中国人物画史上定了位的画家，无不创立了具有鲜明个性特征的艺术语言。一部人物画的发展史，实际上也是艺术语言的发展史。南宋的梁楷以简练的线条、洒脱的笔墨形式一改前朝严谨细腻、方正端庄的画风，成为水墨写意人物画的开山祖；明末陈老莲以夸张古拙的造型，屈曲有力的铁线描而独树一帜；清代任伯年以花鸟笔墨渗入人物画法，造型生动优美、笔墨明快秀健的艺术语言，具有经久不衰的艺术魅力。到了20世纪40年代，蒋兆和吸取西方素描的造型手法，结合中国传统的笔墨形式，创造了以线为骨架，以明暗为辅助的艺术语言，在巨作《流民图》中准确而深入地刻画了各具个性特明显征的人物群像，使人物画的写实水平达到了前所未有的高度，从而树立起现代水墨人物画的一块丰碑。50年代以后，又相继出现了叶浅予、黄胄、程十发、方增先、杨之光、刘文西等大手笔，他们都以自己特定的视角和形式，都从不同方面、不同程度突破了前人和他人的束缚，创造了具有鲜明个性的艺术语言，补充和丰富了中国人物画的语言体系。

今天，当人们重新强调人物画家的社会责任感，强调人物画的社会功能的时候，自然不能重蹈历史的覆辙，退回到题材决定论的老路上去，而应该是既充分表现现代社会生活，体现时代精神力量，又具备独特完善的崭新艺术语言。充满强烈艺术渲染力的新型中国人物画，应该呈现出博大雄浑、崇高壮美的美学特征，升腾着阳刚之气。

艺术语言的探索应当扎根在生活之中。那种把"生活是艺术

在研究会上发言（左为龙瑞）　（摄于2001年）

的源泉"只当成生活，只给艺术提供题材内容的理解是片面的。生活同样启示和造就艺术对形式美的追求。最近读周永家的人物画作品，雄辩地证明了生活——大海给予画家的灵感。周永家不仅仅表现了海的内容，同时更创造了塑造大海的艺术语言，一个"周家程式"已成雏形。伴随了大海几十年的画家形象地说自己是执著地围着大海这个基地在"刨坑"，其作品乃深挖所得，是甘苦之言。

本来人物画家曾有深入生活的优良传统，但如今情况变了，深入生活时多半是蜻蜓点水，结果不单作品内容肤浅，其艺术形式也多属闭门造车的笔墨游戏，看似眼花缭乱，实则乃缺乏底气的呻吟，这种作品与政治说教式的作品一样苍白无力。因此，如何解决人物画家与生活的密切联系，恐怕是从根本上寻求中国人物画突破的关键，也是创造崭新的人物画艺术语言的关键。

原载《中国画研究》第13辑
1996年11月12日

浅谈水墨人物小品

● 谢志高

何谓"水墨人物小品"？这个"定义"是谁最先提出来的？在哪个年代提出的？很难考证。依我的理解，所谓"小品"，是相对于大作品而言。一位中国画家，在创作鸿幅巨制的大作品时，需要"十年磨一剑"的精神、"搜尽奇峰打草稿"的生活积累、"九朽一罢"的功夫，呕心沥血才能完成。但这种大部头的"长篇小说"般的创作，毕其一生，就其数量来说，也是屈指可数的。因此，中国画家日常大量要做的功课，便是通常称之为"小品"的东西了。

"小品"一般篇幅较小(通常都在六尺宣以内，多为四尺宣、四尺对开、四开、三开、八开、扇面、册页等)，内容较单纯，形式较活泼，花的时间也较少。画家常常是有感而发，放笔直取，一气呵成，犹如"散文"、"随记"，是"短、平、快"的一类作品。因此，"小品"是画家运用笔墨手段，抒发情感，表现生活最快捷的艺术形式，同时，也是画家追求审美品位，塑造艺术个性，锤炼笔墨功夫所必不可少的案头功课。

"小品"的形成，如果追本溯源，则应与历史上的文人画挂上钩。我国自唐代以来，写意水墨画渐兴，至宋元明清盛行，并为文人士大夫所独钟并掌握，成为画坛主流。他们推崇"水墨为上"，以书法入画，"聊写胸中逸气"。如以在文人画中具有特殊影响的"扬州八怪"为例，分析其作品的艺术特色便不难发现，其作品与我们通常称之谓"小品"的中国画有着紧密相连的血缘关系。

物换星移，如今中华民族文化已进入21世纪。时代不同了，历史上的文人画中"愤世忌俗"的东西在今天的写意水墨画中，在"新文人画"中，在"小品"画中，已荡然无存。画家在创作中更注重笔墨形式自身的审美体现，注重画面的抒情性、观赏性和张扬自我(艺术个性)。而随着社会物质生活的提升，时下"小品"画已大量被楼堂馆所乃至家庭所采用，成为公共场所和人居环境中不可缺少的组成部分。随着艺术市场的兴起，"小品"画也自然而然地流入商品市场，使之具有商品的特征。以上两种社会需求反过来必然会刺激和推动"小品"的繁荣和发展。

　　水墨人物小品是中国写意人物画家在探索中国人物画的现代表现这一漫长而艰苦的艺术跋涉中必不可少的磨练，人物画家正是通过对"水墨人物小品"的辛勤劳作来达到艺术的丰厚积淀的。过去，美术院校的中国画教育未能对"小品"画的功能及价值有充分的认识，故在课程设置中始终处于可有可无的地位。当然水墨人物小品难度较大，首先要过"人物造型"这一关。一幅水墨人物小品通常是要没有草稿的前提下落笔成形。写意人物画家应该像写意花鸟画家那样挥洒自如，左右逢源。画不准时，万万不能以"变形"聊以自慰，应当杜绝"皇帝的新衣"这种欺世盗名"法宝"。水墨人物小品的人物造型训练，有赖于平时大量的速写、默写以及写生练习，以求稳打稳扎来提高对人物形体动态以及形象、神态的理解和掌握。同时，配合一定量的插图、连环画的创作实践，当可练就较强的造型

写意水墨画免不了当场挥毫即兴而作　（摄于2004年9月）

能力。

过了造型关之后，便是笔墨关了。一幅水墨人物小品虽说画面不大，但仍需具有与大幅作品相同的艺术完整性。所以，在画面涉及山水、花鸟(通常作为背景处理)时，要求画家具有山水、花鸟技法素养，虽着墨不多，仍应显功力，尤其应与自己的强项（人物）相匹配，不能过于露"怯"，另外小品画面的笔墨处理，也应从书法，从山水、花鸟的笔墨技法中吸取营养。

水墨人物小品的画面要富有情趣、情浓而意切、趣味盎然，形象要健康、纯朴、惹人喜爱。

"小品"画的题材具有重复性。但对于人物画家来说，应当清醒地意识到，不断重复的花卉鸟虫和名山大川并不太让人生厌，而过于重复的人物形象则容易使人反感。所以，要坚持深入生活，扩大视野，尽最大努力来拓展新的题材，才能使自己对笔下的形象保持新鲜感，具有艺术创造的活力。水墨人物小品的画面以人物为主体，对人物形象的刻画要笔简意赅，避免公式化、概念化和千人一面的毛病。

我从事中国人物画数十年，除了努力画过一些较大篇幅的作品之外，自然也画了许多水墨人物小品。虽又冠以"技法讲座"之名，但艺术的本质是个性，绘画艺术没有诸如"2X2=4"这种放之四海而皆准的公式。所以，个人的一点体会也只是一孔之见，是自己个人艺术道路上的一点折射而已，并不具有典型意义。

画集自序

谢志高

一

我五六岁开始画画，纯属天性，没有家传，故未知此道之艰辛。一晃竟数十年了，何时得以“登顶”？至今也还茫然。

说来也算幸运，十四岁开始发表作品，十六岁初中毕业即考入广州美院附中，而后又继续上完大学，读了五年的国画系人物画专业。因为“文化大革命”，毕业后做过工，种过地，又当过编辑，历时十年，才又拖家带口地考入中央美院第一届研究生班。

在内蒙古锡林浩特监西乌旗草原上
（摄于 2004 年 7 月）

有幸目睹和聆听堪称国家泰斗级的许多老先生的精湛画艺及教诲，受益匪浅。

新中国成立以来的教育体制，使我们这些文科学生，尤其是学艺术的人，从 1958 年人民公社化开始，便每年下乡与农民同吃、同住、同劳动，加上在各种政治运动中当工作队员下乡，至 20 世纪 70 年代末，前后二十年中，我几乎干遍了南方、北方的所有农活，从水田到旱地，从平原到山区；从赤脚上山砍柴、烧砖到在太行山的梯田里放炮、砸石头、推独轮车；从播种、插秧、车水、犁田、砍甘蔗到拔麦子、除猪圈，在拖拉机后面蹬杷整地……手上脚上都结满了老茧，磨练了，成熟了，理解了生活，也理解了农民。

于是，在艺术上我喜爱纯朴、厚实、自然、清新，决定走一条贴近中国老百姓的路。

数十年来，我画了许多农民形象，20世纪70年代的《战海河》、《万物生长靠太阳》；80年代的《欢欢喜喜过个年》、《驮炭记》、《春蚕》、《老把式》、《麦香》、《祝福》；90年代的《乡村喜事》、《黄河颂》、《春雨》等，在这一系列作品中比较集中地反映了自己对农民形象的感悟和艺术表现。正是基于自己对近乎原始而繁重的体力劳动的体验，使我每逢遇到饱经风霜又刚硬雄强的劳动形象时，便会有一股无名的冲动，产生极强的艺术表现欲望，并由衷地赞美劳动与劳动者。所以，除了农民之外，我爬了许多建设中的高楼，画了《建设者》；到了青海黄河源头的龙羊峡水电站工地去，画了《黄河之巅》；1998年湖北遭遇特大洪水，我只身到荆江大堤去感受人与自然的搏击；到山东和福建渔岛，画了《船老大》、《惠安女》。此外，也画了不少战士形象，他们是穿军装的农民。现实生活所赋予画家的社会责任感已不再是计划经济下所规定的艺术准则，而是个人一种自觉自爱的取向和定位。相信和我这个年纪相近的一代人会有相似的经历和相近的观念。

在最艰苦的地方，在最繁重的劳动之余，仍有欢声笑语，这是人类的禀性，也是调剂生活的杠杆。于是我除了致力于"直面人生"的一些"重头戏"作品之外，也画了许多轻松活泼的"插曲"、"小调"，取材上我没有自己固定的"艺术领地"，形式上也没有自己不变的套路。也许正是这种"不固执"造成个人风格的"不确立"，这点也属茫然。

数十年来，我坚持对人物形象的观察、写生、速写、默写，坚持造型的把握，笔墨的锻炼，坚持对古今中外的传接吸纳。劳作甚多，精品却少，常感遗憾。

今天，在21世纪的中华大地上，正在上演人类史上最壮丽的一幕。时代翻天覆地地迅猛变化，东西方艺术的空前碰撞并不亚于核子的裂变。作为上层建筑的艺术，如何把握新时代的脉搏，在滚滚向前的急流中飞扬，是摆在每一位当代艺术家面前的命题。

二

"光阴似箭"这句老话，恐怕只有头发变白、年届六旬的人才会有真切的体味。因为"似箭",即可"穿心"！时光的流失,常令人心痛。难怪齐白石老人刻一方图章,痴想"长绳系日"了。如今世界上当数光阴最宝贵,青春最无价也。

儿时就爱画画,执著的偏爱,使我走上一条漫长而不见尽头的路。虽说几十年来,未曾偷懒,画了不少,也发表了不少,但出版的个人专集却少。原因很多,最主要的原因就是自己老在等。等什么?等有了好作品才出。也就是说,等有了自己满意的作品再出版。毕竟我把个人画集的出版看得太神圣了,觉得连自己都不好意思看的东西,又怎能给别人看呢?何况摆在书店上还要人家掏钱来买。然而,似箭的光阴无情地带走了我许多梦想,却始终未能等来我心中那个美好的期盼。

这回光阴再一次催促我,嘿,到了自己的本命年,该老马识途了,再不扬蹄奋进,就该卧槽成"老骥伏枥"啦。诚然,"伏枥"仍可做事的,这句成语是对老者努力的肯定。但光阴

在广西靖江地区写生
(摄于1979年春)

大学一年级时下乡在广东中山农村写生
(左一为谢志高;左二为易至群;右二为钟增亚) (摄于1961年)

提醒我："你还有一步之遥！"也就是说，自己还可以再跑一跑的。

既然决心出一本，便把积攒这么多年的"家底"都翻了一遍。除了最近几年的作品之外，把过去的东西也捡些出来，一是凑数，二是过去的东西未必都不如现在的，再就是能看出路是怎么走过来的。当然，也说明自己长进不大，前后没有拉开很大的距离，这就无可奈何了。但毕竟不管是过去的，现在的，却是自己的笔"生下来"的，心血骨肉相连着呢，割舍不了。

老人的特征是喜欢回忆过去，寻觅旧时的梦境。但作为艺术家，可千万不能有这种心态，沉缅于过去便意味着不图进取。艺术之心不能老，艺要常新，李可染先生一方印章"白发学童"，意即活到老学到老，我会记住。

本来，想请理论家写篇序的，但"家"们都很忙的，怯于启口，只好自己写了，算作"序"。

2002 年 8 月 26 日

在青海龙羊峡水电站工地写生 （摄于 1986 年）

我画古装人物画

● 谢志高

中华民族历史悠久，风云起伏，朝代更叠，几千年间涌现出许多英雄豪杰、名人逸士，犹如浩翰的星空闪烁着的群星。于是，为后人所崇仰、讴歌、传颂、纪念。如今，现代画家笔下所描绘的古装人物画，正是今人对于古人进行艺术表现的一种方式，是借古人其人、其事来寄托情思，或弘扬其精神，或传达其理想，或称颂其美德，或赞美其才华。不过，对于从事中国画尤其是写意水墨画的画家来说，其笔下的古装人物则往往出现在小品画中，成为画家学习传统，锤炼造型与笔墨经常借用的题材，承载着重大主题思想。总的说来，小品画轻松多于严肃，愉悦多于说教。情真意切时，放笔直取，乘兴挥洒，旨在追求人物形象的生动、笔情墨趣的自然飘逸、传统语言的传承、艺术形式的探索、审美品位的取向以及个人情感的坦露。

我从事中国人物画数十年，除了致力于现代人物画创作之外，也画古装人物画，是相对于创作严肃的主题性作品的一种调剂和补充。我想，这种艺术实践的一张一弛，这种节奏的变换和平衡，符合艺术实践的逻辑和艺术创作的规律。由于古装人物画题材内容含量一般较轻，篇幅也不大，多属小品画一类，按我的习惯是常常不起稿，没有草图，只在脑中形成一个大致的轮廓，便铺开纸落笔直取，注重书法的"写"。因心理上没有负担，笔墨便显得从容、酣畅、轻松、活泼。日子长了，似乎对于提高自己的造型、构图和笔墨功力有所帮助。这些年来，不觉也积攒了不少作品。

《白话聊斋》 插图 1981年

302 　《白话聊斋》 插图　1981年

画家立业之本

● 谢志高

速写与写生，是画家的立业之本。

全世界的画家都画速写。凡搞造型艺术的人，都要经过这一关，且毕其一生。

因为速写与写生，既是磨练艺术技巧的需要，更是艺术家对生活的形象积累，并为艺术创作提供丰厚的最直接、最生动、最原始的素材。毕加索、马蒂斯、罗丹、德加、门采尔等都有许多优美的速写与写生作品传世。我国老一辈艺术家徐悲鸿、蒋兆和、吴作人、叶浅予、李可染、黄胄、王式廓等也都有精彩绝伦的速写和写生作品，尤其是叶浅予和黄胄，是速写铸造了他们的艺术成就。

当今，世界已进入数码时代。人类从刀耕火种，到玩电脑、搞克隆，乃至上天入地。科学技术的飞跃是否就能代替艺术家的手工操作？其实，一切发明都来自人脑的非凡力量，且一切发明物也都由人来控制和驾驭。艺术劳动是人类精神世界的高级活动，是任何最聪明的机器人所不能代替的。因此，紧握画笔，在生活中坚持不懈地速写与写生，是艺术之树常青的根本保证。

数十年来，我画了许多速写和写生，从丰富多彩的现实生活中捕捉那些激动的瞬间，记下了许多各行各业的人物形象。翻翻过去这些发了黄的作品，依稀可见自己在艺术长途上艰苦跋涉的印记。正是这些不起眼的纸片，与自己每个时期的艺术创作血肉相连，它是我攒积了几十年最珍贵的东西。

美国一位理论家说，"无论是艺术家的视觉组织，还是艺术家的整个心灵，都不是某种机械地复制现实的装置，更不能把艺术家对客观事物的表现看作是对这些客观事物偶然性表象所进行的照相式录制（或抄写）。"

我想，这话是对速写和写生很好的诠释。

原载《人民日报》
2003年5月25日

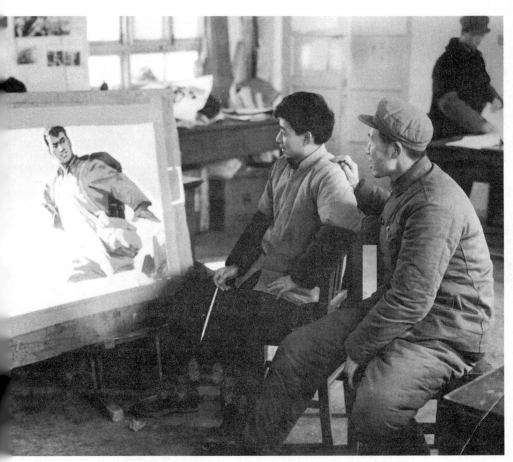

在河北省出版局画刊组当美术编辑时在作宣传画
（右一为编辑张玉良）　（摄于20世纪70年代）

春风又绿江南岸
——谈当代国画优秀作品展

● 谢志高

从 2002 年 7 月 10 日开始，由全国政协主席李瑞环亲自倡导的"当代国画优秀作品展"（以下简称"作品展"）已举办了四次。四次展览我都看了，座谈会也参加了三次。不论是每个省参展的画家，还是参观画展和参加座谈会的同行们，大家都感到精神很振奋，气氛很热烈。

本来，北京的展览很多，可以说是"应接不暇，司空见惯"了，但在政协礼堂举办的这几次展览，却不同凡响，引起社会各界的特别关注。每次画展开幕，李瑞环主席及各省政协的领导、文化部领导和美术界老一辈艺术家、知名人士均亲临展览会场剪彩。中央电视台也破天荒地在当天晚上七时的全国新闻联播中作了报道。美术，也能在黄金时段登上大雅之堂，的确让我们这些画画的人受宠若惊。一个中国画的作品展览，能够享受到这样高的礼遇和社会效应，充分表明了"作品展"对于推动中国画的

繁荣发展具有深刻的现实意义，同时，也表明中国画事业面临着前所未有的历史机遇。

下面，围绕"作品展"，我谈几点认识：

（一）"作品展"是在国家的大好形势下"应运而生"的。

江泽民同志在"十六大"报告中指出："当人类社会跨入 21 世纪的时候，我国进入全面建设小康社会，加快推进社会主义现代化的新的发展阶段。"他在总结了十三届四中全会以来的十三年，尤其是"十五大"以来最近五年的经验时指出，国民经济持续快速健康发展，改革开放取得丰硕成果，社会主义民主政治和精神文明建设成效显著我国国内生产总值达到九万五千九百三十三亿元，比 1989 年增长近两倍，年均增长百分之九点三，经济总量已居世界第六位，人民生活总体上实现了由温饱到小康的历史性跨越。人们公认，这十三

年是我国综合国力大幅度跃进，人民得到实惠最多的时期，是我国社会长期保持安定团结、政通人和的时期。

正是由于有全国这样好的大环境，我们美术界、中国画界的形势才得以同样壮观。

从20世纪70年代末最早恢复画院体制的广东画院成立到现在，全国各省、市都先后成立了纳入国家正式编制的画院，市以下的县也多数有不同体制和形式的画院。美术学院除了全国六所综合性美术学院进一步扩大发展之外，众多的院校也纷纷设立了美术学院或美术系。画院和学院二十多年来培养和造就了一支相当规模的专业队伍。同时，全国的文化馆站，各大、中企业的文化中心，各省、地、市乃至部队退下来的老干部书画活动机构，各新闻媒体，大的文化机构里的画院甚至由个人自己创办的冠以"中国"称号的各种书画院、书画函授大学等，形成巨大的群众美术浪潮，汹涌澎湃，形成一支非常庞大的业余美

出席在人民大会堂召开的第十一届国际湖团联谊年会 （摄于2002年10月）

在家中接受巴西著名摄影家艾迪诺瓦罗先生来访（他曾拍过毕加索达、利夏、加尔等著名画家肖像）。右一为女儿谢青、中为女婿李瑞君 （摄于2002年11月11日）

术队伍。目前，全国美协会员已经发展到八千二百八十八人。"文化大革命"前才两千多人，到1989年是四千多人，这十三年中翻了一番，最近三年每年以四五百人递增。1996年《美术观察》曾就中国画现状开个座谈会，记得有张仃先生参加，当时我就谈到中国画队伍空前壮大这过特征。试想，既然有这么壮大的一支队伍，也就有了数量非常可观的作品，名目越来越多的各类画展，总的说来，中国画在中国老百姓当中，在各种社会活动当中的覆盖率越来越大，中国画已经成为中国老百姓喜闻乐见的一种主要艺术形式。中国画作为中华民族的传统艺术日益深入人心，从官员到企、事业单位和平民百姓中间，都拥有一大批爱好者、画迷和收藏家。由此可见，"作品展"只有基于新中国成立以来最良好的形势下，才能"应运而生"，才得"天时、地利、人和"，才能顺利、圆满地开展活动。

（二）"作品展"是对全国中国画水

中央美术学院校庆时国画系人员合影。右起：郭怡宗、刘勃舒、韩国榛、朗森、高润喜、谢志高、刘大为、杨力舟　（摄于2001年）

平的一次大检阅，开创了一种全新的展览模式。

李瑞环同志在浙江画展的开幕式上说："国画是中国文化的重要组成部分，有着数千年的历史和辉煌的业绩。近代以来，尽管我们的国家历经曲折、坎坷，但国画的传统绵延不断，经久不衰，出现了许多艺术精品、名家巨匠。改革开放以来，国画艺术呈现出空前繁荣兴旺的局面，涌现出一批颇有造诣的优秀画家，但客观地讲，现在还缺少大师……"我认为，

这段话，既肯定了成绩，又提出了期望，还稍带一丝忧虑。那么，耳听为虚，眼见为实。不论成绩与期望，都需要把家底拿出来亮一亮相。这就要举办展览。

现在流行的展览形式有几种：一种是大集体的展览，参展画家很多，每人只展一幅。这种展览因为人多，水平不齐，只展一幅画也难体现参展画家的真实水平；一种是小群体的展览，参展者少，展出作品多些，但属于自由组合、友情演出一类，或

由出资方进行操作，带有商业色彩，也难体现较高学术水平；再一种是个人画展，虽然能较全面展示画家个人的成果，但缺少近距离的相应参照数，没有可比性，何况在实际展出活动中不可避免地容易落入俗套，难以得到真正客观的学术评价和定位。近年还盛行一种展览，由出资方与一些权威机构挂上钩，借赞助形式达到商业目的。这种展览多数不退还展出作品，故参展作品的艺术水平便大打折扣，表面上轰轰烈烈，实际上水分较多。真正带有学术水平的重要展览就算是全国美协主办的五年一次的全国大展了。但中国画只是大展中的一部分，且因受展览规模、展出条件等多方面的制约，每个省能够入选的作品不多，作品尺寸也受限制。这样，较低的入选概率和由此对评选的质疑也会抵消一些画家参展的热情。实践证明，单就美协举办的展览还不足以充分展示当前中国画的真正水平。根据形势的发展，迫切需要有另外一些新的展览形式来补充，"作品展"正可以填补这个空白，弥补这些遗憾和不足。由每个省选出十位画家，每人拿出自己的看家本领来，采用轮流上台亮相的办法，提供一个可以充分审视、欣赏、品头论足的艺术平台，它能较为全面地展示每个省活跃在第一梯队中的画家作品的艺术风采，也体现了各个省的总体水平和艺术特色。但是由于全国发展的不平衡，对于文化大省十个名额显得少，不好摆平，我们从半年来浙江、江苏、广东、上海这几次展览来看，都达到甚至超过预期效果，全面、系统、真实地检阅了一批优秀画家及其力作。

（三）"作品展"对每个省的中国画"一视同仁"，为各省提供一个相同的机会和平等的地位。

前面提到，由全国美协主办的五年一次的大展，经过层层评选到最后入围时，各个省的距离便拉开了，省与省之间的入选率、得奖率相差甚远，有些省只能入选几幅画。现在这种"作品展"的形式，把全国政协礼堂展览厅的大门为各省敞开，没有厚此薄彼。各个省各尽所能，自己准备，谁条件成熟了谁先上，都在同一个平台上充分展示自己的实力。从已经展出的作品数量看，每个省每次展出约八十幅左右，假设在五年一次的全国美展中一个省入选二十幅，也要四次共二十年才能达到。而如今，一个展期，就展示出来了。所以，每个省对这个展览都非常重视，非常珍爱，认识到这是一次千载难逢的宝贵机会，每个省都可以从容不迫、踏踏实实地登上这大雅之堂了，每个省都可以放

这个猪皮筏子看似很大，却很轻
(2004年5月摄于宁夏黄河边)

开手脚，释放出自己最大的能量来。这种事半功倍的展览模式，对于全国各个省中国画的相互比较、相互交流、有序竞争、共同繁荣，的确可以起到非常积极、具有实效的推动作用。

（四）"作品展"因受到各省领导的关心和支持，既提升了中国画的地位，又增加了中国画健康发展的积极意义。

从浙江省第一次"作品展"开始，各省都是由政府有关部门拨出专款，投入了大量物力、财力。

江泽民同志在"十六大"报告中明确表示，国家要"扶持体现民族特色和国家水准的重大文化项目和艺术院团，扶持对重要文化遗产和优秀民间艺术的保护工作，扶持老少边穷地区和中西部地区的文化发展。加强文化基础设施建设，发展各类群众文化"，体现了党在全面建设小康社会的新时期，坚持物质文明和精神文明一起抓的思想，是对"牢牢把握先进文化的前进方向"的根本保证，是"与时俱进"、具有远见卓识的决策。

而今，艺术上有着最宽松自由的环境，"百花齐放、百家争鸣"的方针真正得到贯彻，落到实处。艺术工作者丢掉思想包袱，放开手脚，最大限度地发展自己个人的聪明才智，从而搞活了整个艺术界，使包括中国画在内的艺术家呈现出前所未有的繁荣局面。不过，我们也应当清醒地看到，随着国门的打开，西方现代艺术的激流，夹带着大量的泥沙席卷而来，人们开阔了眼界，拓展了思路，得到了有益的借鉴，却也受到暗流的冲击和负面影响，比如"行为艺术"等。中华世纪坛最近开展的法国的"新现实主义作品展"，把女人的胸罩、腹带、卫生带都挂上去了。近些年来，计划经济逐步向市场经济转化，艺术品已开始进入市场，中国画也开始步西方油画的后尘，具有商业价值的特征，同时，文化作为产业的观念开始建立，这对于文化本身的造血机制和持续发展具有社会意义。但是，中国是一个具有中国特色的社会主义国家，我们不但在政治上、经济上要走一条中国特色的道路，在文化建设上同样要走一条中国特色的道路。在现阶段，就是要坚持党的文艺路线，"用'三个代表'重要思想统领社会主义文化建设。坚持为人民服务、为社会主义服务的方向和百花齐放、百家争鸣的方针，弘扬主旋律，提倡多样化"。要"以高尚的精神塑造人，以优秀的作品鼓舞人。大力发展先进文化，支持健康有益文化，努力改造落后文化，坚决抵制腐朽文化"，"为人民奉献更多无愧于时代的作品"。

我认为，中国画要达到上述标准，如果没有国家的介入、政府财政的扶持、领导的关心和有实效的措施，是很难实现的。现在李瑞环同志希望把中国画作为一项工程来抓，这种气派和工作分量，更不是分散的画家个人力量所能达到的。"作品展"从一开始就得到有关领导的重视，且一抓到底，层层落实。有一个好的高的起点，保证了政治方向和艺术水平。学术界多少年都在喊"精品意识"，呼吁出优秀作品。我认为，真正产生能表现时代精神的大作品，需要领导的切实支持、政府的投入和社会的帮助，加上画家个人的全部心血，几方面共同形成合力，才能奏效，才能体现社会主义文化建设的优越性，才能增强中国传统艺术在国际文化中的竞争力，才能树立起中华文化的应有地位。

"作品展"的运作模式是一种新的尝试，开了个好头。今后或者还可以有别的模式，别的运行机制，来带动中国画事业的健康发展。

（五）"作品展"极大地调动和激发了画家的创作热情和进取精神。

中国的知识分子是容易受感动的。艺术是精神产品，受情感的驱使，而今，大家又关注起画家的成长。同时，也使参展画家感到一种空前的压力，有一种责任感和危机感。因为，一方面领导对你寄以厚望；一方面同行盯着你，看你有什么真本事；社会在宣传你，检验你是否"注水"？画家本人心里也会七上八下的，看自己的作品能否与"盛名"相符。实际上，"作品展"引发了一种竞争机制。每

任美国福乐曼大学艺术系客座教授时在艺术系楼前留影 （摄于1992年）

个省十个名额的限制,设立了一道门槛,制定了一个范围。因此,参展画家在受到鼓舞之余,既激发出创作热情,增强进取精神,提高精品意识,同时也会居安思危,承受新的压力。而对于未参展的画家,则受到鞭策,在遗憾之余,会触发冷静的思考,寻找差距,奋起直追,加倍努力,争取未来有一个理想的定位。

体育因其竞技性质,使体育的竞争意识贯串始终,一个省搞运动会,选拔尖子参加全国运动会,全国又选拔尖子参加世界奥林匹克运动会。艺术与体育不同,没有具体的可比性,没有社会公认的衡量尺度。不过,适当借鉴和引进竞争机制,对于吃惯大锅饭、靠平均主义端铁饭碗偷懒的画家,无疑是一次"棒喝"和"警钟"。不进则退,适者生存,在艺术面前人人平等,我认为这是社会进步的标志。当前改革更加深入,中华民族的复兴进入了一个波澜壮阔的历史时期,由此中华文化所担负的责任和分量也将更空前重大,这就要求作为中华文化重要组成部分的中国画也担当起相应的重任,得以蓬勃的发展。

(六)"作品展"引发中国画创作诸多重大问题的学术思考和研究,对推动中国画的发展具有现实意义。

"作品展"作为每个省最高水平的代表性展览,每位画家的创作表露出对中国画现代形态的认识,只不过是以实践的方式而不是以理论的方式来表达而已。既是高水平的展览,必然会引来社会各方的特别关注,除了新闻媒体的报道宣传之外,中国画界同行和理论界的大腕都积极参与,认真评判,不可忽视这股合力造成的学术影响。

中国画一些根本性的问题,如对于"传统"、对于"创新"、对于"世界性"等,可以说一百年来都没有停止过争论,一百年来中国画没有停止发展,一百年来学术界也没有停止过研讨。正如马克思辩证唯物主义所表明的,事物是由矛盾相互斗争才得以推动其变化发展的。

在"作品展"的座谈会上,大家还谈到各个省的历史渊源、传统积淀;各个省的艺术风貌和流派;每个画家的艺术追求和探索及个人风格的形成;地域性、地方色彩与中原文化的关联;中国画的时代性、现代性、民族性和品位等许多结合实际、比较深层的学术理论,这些既是对"作品展"中优秀作品的肯定和总结,反过来又对今后的中国画创作实践和发展走向给予积极的影响。

李瑞环同志说:"国画源于中国,根在中国,水平最高的画家和鉴

在陕北延安度元宵　（摄于1991年）

在马来西亚　（摄于1995年）

赏者也在中国，中国最好也就是世界最好。"我想，随着"作品展"的继续举办，李瑞环同志的这段评价，会进一步得到生动的印证。

（七）"作品展"使泛滥的"江湖展"相形见绌，把无序竞争引向有序竞争，有利于中国画的健康发展。

当前，随着艺术市场的日趋活跃，一些以利益驱动为核心的画展以各种名目粉墨登场。有偿新闻屡禁不止、无原则、不切实际或人云亦云地盲目吹捧比比皆是。一些才画几年画的人谙熟"功夫在画外"之道，善于在"行"外借社会力量进行包装、炒作、造势。由于当前艺术多元化的形成以及评判标准的不确定，给一批"滥竽充数"的东郭先生以可乘之机。这些人所搞的集体性画展或个展，水平低俗，充满江湖习气。尤其在许多重要公共场所，如机场、车站、宾馆、旅游景点中占领画廊阵地，甚至伪造名家字画的旅游纪念品以极低价格出售，造成不良影响，严重影响了中国画的声誉。

"作品展"隆重推出了一批批有真才实学的专业画家和优秀作品，正本清源，重塑了中国画的整体形象，正面展示了中国画正规军的风采，增强了对优秀画家和优秀作品的宣传力度，从而抵制和削弱了"江湖展"的不良影响，在一定程度上实现了如李瑞环所希望的"促使更多的人认识国画，喜欢国画，促使国画进入更多的家庭，进入更多人的生活，成为人们生活的组成部分"。

(八)"作品展"的成功举办，为中国画的繁荣发展迎来了新的历史机遇。

伴随着全国各省"作品展"的"接力"，必将形成一股强大的冲击波，在老百姓的文化生活中，掀起一股中国画热潮。中国画得"天时、地利、人和"，自当抓住极其宝贵的历史机遇，刻苦钻研，勇于探索，继承和发扬优秀传统，大胆创新，开拓进取，多出

在马来西亚艺术学院院长钟正山(左二)家中，观其收藏 (摄于 1995 年)

精品，多出人才。

当前，各级领导日益重视和关爱中国画这门古老的传统艺术，国家政府机关和军队的许多重要场所都悬挂着中国画作品。中国画家受到尊重和爱护，有良好的社会地位和经济保障，更有非常宽松自由的创作环境和学术氛围，在中华大地上生根发芽，得天独厚。许多流散到海外的画家不堪寄人篱下，都纷纷跑回来分享这个风平浪静、充满玫瑰色的港湾。中国画家没有理由不好自为之，潜下心来做学问，出作品。

江泽民同志在"十六大"报告中

与刘勃舒院长观看广东水乡画家叶其青（中）等人作品

筹备中国画研究院廿周年院庆活动，右一为副院长解永全，右三为院长刘勃舒，右四为院长助理舒建新（摄于2001年冬）

接受祝福

强调："面对世界范围各种思想文化的相互激荡，必须把弘扬和培育民族精神作为文化建设极为重要的任务。"

中国画作为中华文化的重要组成部分，有着几千年悠久的历史传统，是东方文化一颗璀璨的明珠，也是弘扬中华民族精神最直接、最有力的艺术形式。现在，我们要借"十六大"的东风，借"作品展"之势，借"国画工程"之力，抓住千载难逢的历史机遇，把中国画的事业推向新的高峰。

最后，我对"作品展"有点建议。我个人认为，以每个省十人的规定是否可以有所松动？似以"十人左右"更符合实际。因为历史和现实的原因，全国各个省经济文化发展的不平衡客观存在着。有些省基础深厚，人才扎堆；有些省底子薄弱，人才流失，艺术水平不在一条线上。如果完全平均对待，看似公平，实际不利于人才的成长。世界杯足球赛就有个几大洲的参赛份额分配问题，亚洲虽大，因足球水平相对落后，份额便比欧洲少。这个例子可以借鉴。是否在十人上下根据具体情况作加减。

摘自《水墨研究》丛书第二辑
民族出版社2003年3月版

在黄永玉先生画室万荷堂中与黄永玉、林墉一
起合作丈二匹《梦迦图》 （摄于1998年春）

人物画，尤其是现代人物画，虽然在"五四"之后，已取得不少成果，涌现出徐悲鸿、蒋兆和、叶浅予、程十发、黄冑等名家，中青年画家中也不乏创新者，但人们对人物画仍然不满足。部分原因是用水墨工具按西洋素描的办法来画人物，常常失去中国画那种用线造型所形成的刚柔相济的力感和韵味；而按传统的一套来画现代人物，旧瓶装新酒，又不够自然，且缺少现代美感。大体上说，"文革"前中国画的工农兵人物主题画，采用素描法的较多，这大概是导劲80年代的逆反心理和反复转向文人小

刚柔相济

——读谢志高的人物画

● 邵大箴

品画的原因之一。文人小品画，多画古典人物，追求造型的变异、夸张和扭曲，虽有笔墨情趣，毕竟距离时代太远，加上不少作者以"新文人"自居，竞相追求画风的放纵和飘逸，形成新的、令人忧虑的模式。在这种情况下，中国画界的一些有识之士，心里一直憋着一股气，想在现代人物上做出成绩来。中年画家谢志高就是其中的一位。

谢志高受过严格的基础训练。他的写实造型能力是很强的，青少年时代就在家乡广东崭露头角，后来长期生活在北方，边做编辑边从事绘画创作。1978年考入中央美术学院国画系研究生班，悉心钻研，在蒋兆和、叶浅予等先生的直接指导和在中央美院特有的文化氛围的薰陶下，思路更为开阔，艺术趋向成熟。他在熟练地掌握了西洋素描造型能力的情况下，进一步完善中国水墨传统技法，特别注意领会和理解中国传统人物画的审美观和造型观，在用线、发挥水墨特性的传神写意上狠下功夫，使自己的作品更具内在力感和美。在美院执教及创作实践中，他力倡现代人物画应表现时代精神。他认为这方面的创作即使吃力不讨好也应该坚持，因为这是时代的需要，也是文化和艺术积累的需要。当许多人从不同方面去尝试、去努力，并提供经验时，现代人物画自然会形成规模，变劣势为优势，从而扭转画坛风气。谢志高认为，现代人的生活是异常丰富、多样的，给艺术家们的创造提供了极大的可能。

谢志高画过有宏伟气势、造型语言如雕塑般的《建设者》，也画过轻松活泼、犹如田园奏鸣曲的《晒谷》，还画过以形象塑造见长的《凝思》、《祝福》。他有时也画古代人物，如杜

创作《渤海银滩》 （摄于2003年秋）

甫、李清照、苏东坡等，那是借助这些人物形象来抒发胸怀，寄托自己的感情，表现今人的思考。在他近年的作品中，他最下功夫，也是画界朋友们最为欣赏和赞扬的是他用了三四年时间搜集素材、反复酝酿琢磨和精心构思的水墨连环画《春蚕》。他在充分发挥水墨特性的同时，成功地刻画了茅盾这部宏篇巨制中的人物形象，性格塑造、环境描绘和气氛渲染既忠实于原著，又别有情趣。在40幅不大的画面上幅幅都有画家明确的立意和艺术追求。有人评价《春蚕》是水墨连环画中的一块碑石，是不过分的。在80年代中国画坛的画风越来越追求随意和自由的情况下，这种认真、严谨的精神和忠于现实主义创作原则的态度，尤其值得肯定。志高理解的现实主义是开放的没有丝毫保守和固步自封的味道。他深深懂得，只有借鉴一些艺术成果，古代的和现代的、中国的和外国的，并消化它们，为我所用，新的创造才会有深度，有力量。对这些，谢志高有深刻的思考。他是个既善于动手，又善于动脑、动心的画家。他勤奋地学习艺

术史和关注美术理论，并参与研讨，这，使他的作品具有某些理性的色彩。他又善于感受生活中千变万化、新鲜活泼、触动人们审美心灵的事物与现象，用生动的绘画语言捕捉和描绘那些微妙的细节，这又使他的作品散发出浓郁的生活气息。

还有一点特别使人称道的是，谢志高的画兼具南方的灵秀之美和北方的豪迈气势。对此，他的好友、著名画家林墉有过一段精彩的分析，他说，谢志高"从画小艇流水到画驴马高粱，南北的跨越，着实悬殊。但谢志高克服了，驾驭了，熟练了。就画风而论，他以南方人的细腻飞动、清新明丽给厚茸的北国风光披上了轻肌。与沉重的叹息迥异，他的画奏出了北国笛音。而他笔下的南方图画，却由于受长期的北国风雪的荡涤，都自然而然地糅进了一股苍莽的阳刚，平添几分硬朗的正气。也许正因为这一点，他的画风在目前画坛的南北殊异中迸出光彩，令人刮目相看"。

严格的写实造型与水墨韵味的巧妙结合也好，理性思考的清晰力量与丰富感情有机交融也好，南方的轻松柔和与北方的粗犷厚朴谐和地集于一体也好，都说明谢志高的艺术兼有刚柔相济的特色。我以为，画家风格成熟的标志是其创造的图像语言连续性与独一无二性的统一。连续性说明他有所承继，有所延续；独一无二性，体现出他的创造和发挥。没有连续性的独一无二性，容易把艺术创造引向过分的荒诞而失去"控制"，缺少独一无二性的连续性，又几乎是创造性品格的丧失，于艺术发展无益。谢志高的人物画是有传统精神的，又是有个性的。他从众多的人物画家中"跳"了出来，以其刚柔相济的图像语言。他现在正值创作旺盛期，他在勤奋地实践，似乎在强化自己这种刚柔相济的形象。

已经在好手如林的中国画坛上争得一席位置的谢志高，还会有更光辉的前程，因为刚柔相济的创造，能够提供无限的可能，使他的智慧、才能、胆识和灵性得到充分的发挥。

邵大箴
中央美术学院教授
博士生导师

在研究院为朝鲜美术家代表团作画　（摄于 1993 年）

你飞回来了，老友！

● 林　墉

谢志高，他如候鸟般飞回来了！

他给广东的父老乡亲带回了他30年的作品，在老师关山月的美术馆首次展示了他的业绩。

以我而言，那份感触、那份兴叹、那份钦佩，要比常人大些、深些、重些。

40年前，我在潮洲读初中，正学画画，可志高以14岁少年，已在报刊连载他的古装连环画，画中百人千态万物，历历皆仿佛有那么回事。我好不容易荣幸地见到他时，人是比我的瘦弱还清疏一些，只是那眼神，却着实灵气，难怪画得那么好！同届同班地考入广州美术学院附中后，又同系同科升入广州美术学院中国画系，近十年了，同宿舍上下床，无数朝夕地砥砺研磨，他的敏才总是闪烁着光芒，沉沉处激励着我追呀追。毕业时节，他只是为了有画可画，狠了心飞到了北京。

飞了！在那北方有了窝，画了年画、连环画、国画，编了画刊画报，参选了各种展览，得了奖项，成绩赫赫。但不久他却入了中央美院研究生班，在蒋兆和、李可染、叶浅予等大师的关注下，踏入了另一阶梯，而后在中央美术学院执教，进而又到中国画研究院——中国画的殿堂，他终于走到了顶级。

谢志高的画，有扎实灵动的基本造型功夫，手下无妄笔。他是当今中国人物画坛中可以白手对青天、笔下任舒展的为数不多的高手之一。造型的化境，正是他艺术的张力。流行的狂躁虚妄与他无缘。

谢志高的画，始终焕发着南国画家的气质，一种明丽潇洒的清新，一种生动活泼的志趣，掺以北地数十年风沙，平添了一抹劲拔。这种难得的艺术品位，使他的作品既鲜明地有他的气质，却又具备了更大的覆盖力。

谢志高画，还有细腻深入的刻画。他平生极其注重细节的集中展示，这也是他寄情达意的所在。在他所有画幅中，处处都有出人意表、化入心坎的细节描写。他作画，最苦恼与最得意的，皆在细腻入微的精致中。

谢志高的画，巨幅气势连贯、呼应紧密，小幅生动有致、疏放清逸，题写处、书法另具一格，峭拔中灵弱有致。笔墨这烈马在他手上收放自如，轻重有控，对线的运用，更有他硬朗圆转的风骨。

在关山月美术馆充满阳光的展厅中，虽则静静的画幅中，但总焕发着谢志高的智力才情。年月数十年地逝去了，谢志高终于又来到了南方的瑰丽热烈之间。他的作品，毕竟又带来了一片亮丽。

我举杯，祝老友谢志高还登高峰！

林墉

中国美协副主席

广东省美协主席

林墉病后首次举办画展，余赶去祝贺（广州逸品堂）　（摄于2000年7月）

你飞回来了，老友！

在传统与现代之间的选择

——谢志高水墨人物画评介

● 邓福星

他的画既没有恪守传统绘画中四平八稳的成规定法，也没有展现出现代派那种令人瞠目的新奇。他虽然画了许多风格、样式及体裁相距甚远的作品，但读者还是容易认出，这些画的作者是谢志高。

1984年，谢志高根据茅盾小说《春蚕》创作了一套水墨画形式的同名连环画，一共四十幅作品，历时数载，惨淡经营。这是画家在艺术探索上迈出的重大一步。一些画界同行对这部作品有很高的评价和赞赏，他们从中看出了作者在造型和水墨技法方面深厚扎实的功力和艺术构思中的匠心。我认为，《春蚕》的确是写实水墨人物画中难得多见的成功之作。它把传统的水墨技巧与写实的人物造型结合起来，并融进西方绘画的营养，从而在某些方面把写实水墨画向前推进了一步。

画家在这部作品中确定了"真实、质朴、沉郁"的总基调，每幅画面，既服从这种总体要求，又有自己的相对构想。画家调动造型艺术的多种因素，力求表达多方面的特定的艺术构思。比如第35幅，为表达主人公老通宝内心的惊愕、失望和迷茫，人物处理成小小的背景呆立在向前延伸的塘路之中，水天空旷如洗，几朵白云似在空中凝固，路的尽头，一道重墨横在老通宝眼前。这种以景托情的反衬手法，在水墨人物画中是不多见的。画家尤其注重对人物面部、手部以及身态特征的细微刻划和抓取，以人物本身的生动造型传达艺术语言，从而深刻地揭示人物形象。此外，画家运用山水画中的积墨法，造成沉重的体积感，并适当地采取了明暗、光影和西洋素描的方法，使画面层次丰富，气氛沉郁，具有30年代的历史感，以质朴真实的画面效果来叩启读者的心。

令人遗憾的是，这套作品问世以来，尚未能够在社会上得到应有的反响。这里提出了一个令人深思的问题：是优秀的艺术作品还没有得到应有的社会承认？还是用这样小幅的写实水墨画去表现社会、历史的内容难以产生更强的力量？为什么在近十年中我们很少看到有哪些写实水墨作品产生过轰动性效应？那么，是不是中国水墨画在发展中带有自己较强的选择指向，而不肯轻易地接受异域的表现手法？总之，这一现象成为谢志高和与他情况相近的一批水墨画家共同思考的中心问题。

谢志高画过《屈原》、《杜甫》、《李清照》等古装人物画。他说，他喜欢画杜甫。假如可以把李白和杜甫的为人和诗风作对比的话，在某种意义上说，谢志高的偏爱也正反映了他的艺术倾向和风格。廿多年来，他更多地是选取社会、历史即现实生活的题

在福尔曼大学艺术系客座教授时在
艺术系楼前留影 （摄于 1992 年）

材,并主要运用现实主义的创作方法从来事艺术创作的。从他 70 年代初的《战海河》,到 80 年代的《欢欢喜喜过个年》、《建设者》、《祝福》、《节日》、《春蚕》这类大部头创作到一系列肖像画: 广东的农妇、河北的老农、山东的船老大、部队的战士、藏族的儿童等等,画家所着力表现的都是些质朴、纯真和勤勉的劳动者,作品洋溢着浓郁的生活气息和地方色彩。画家认为,艺术的生命发端于生活,艺术语言是一座桥梁、一端系于生活,一端通向读者,画家源于生活的艺术创造,必须经过读者的再创造,才产生共鸣,完成艺术欣赏的过程。

如果说《建设者》一画是作者有意追求青铜壁塑的效果，那么，他的《晒谷》一画却是雕塑、油画或其它美术门类所难以摹仿的。我认为《晒谷》是与《春蚕》探索方向不很相同的又一种风格的追求。1983年夏天，画家带学生到山东沂濛山区深入生活，路过晒谷场旁，场上有四位妇女正在晒谷，她们的动作极富韵律感，基本相同的浅色衣服和头巾在阳光下闪动，使画家想起舞台上的四只小天鹅，于是，凭记忆描绘了这一印象。我们看到，《晒谷》中的人物形体、背景中的远山、树木、房屋、篱笆都画得很不具体，只是一种印象，但却是一种新鲜、生动而活泼的印象，这一印象是由画家用写意的方法表现出来的。他在这一时期画的盲眼老妇与《晒谷》的风格相近。如果说水墨画也可以适用"印象派"这个词的话，那么正好适用于这两件作品。

《东坡醉吟图》也许是把这种"印象派"风格推向极端的产物。画中着笔疏朗轻松，人物倦醉朦胧，桥曲水冷，月色溶溶，意境空灵，格调高古，充满了诗意。在谢志高的作品中，我认为这一幅是相当成功的。它并不靠创造一种典型的现实感，而是以其画面本身的意境、情趣取胜。这与画家在过去所呈现的现实主义艺术的基本倾向，已经拉开了新的距离。近年所作的《倦绣图》、《惜春》、《消夏》等，都不同程度地更多融进了传统文人画中非写实的因素。

对于一个画家来说，在题材的选择和表现手法的追求上不拘限于某种单一的范围，往往是更有益的。谢志高不是"以不变应万变"，为风格而风格，他总是根据不同的题材，从不同的角度出发，寻求与之相应的表现手法和艺术形式。他以其深厚的功力和严肃认真的创作精神，有条件把探索的范围拓展得更加宽阔，而不同的视角、不同的画风、正是画家不断的学习、吸取和探索的结果。这期间画家所创作的《春雨》和《沙田绿雨》又标志着画家新的追求。画面上的背景和人物都虚化了，墨和色清淡雅致，画面上的朦胧感既是细雨天气的真实感受，又是对画面的一种艺术处理。当我们把这类作品与几年前画的《三个中学生》、《凝神》乃至《建设者》相比，大致会感到，后来这种放松了的空疏、淡雅的作品比先前那些紧绷绷的严谨之作更能令人喜爱。这种画风的转变，是画家现代意识和现代感受加强的结果，其中，或许反映了某种时代的审美崇尚以及社会心理需求所发生的微妙演变，同时也体现了中国水墨人物画在当代选择中的某种倾向性。

谢志高原籍广东省潮阳县，1942年生于上海，初中毕业即考入广州美术学院附中，尔后升该院中国画系，于i966年毕业，后来长期在北方生活和工作。他笔下所描绘的对象大都是朴实、健壮、憨厚的普通劳动者。1978年他作为文革后第一批研究生得到深造，并留在中央美术学院中国画系执教，从而开拓了新的艺术天地。他原有的素质和青年时期所接受的艺术教育使他的审美趣味本来倾向于南国的秀丽和灵巧，但表现的对象则要求具备朴素、粗犷乃至雄强的北方风格。因此在他的艺术实践中，常兼有南方的灵秀和北方的朴厚。

谢志高可以作为相当一批写实水墨人物画家的代表，所以对他艺术作品的分析和评价，应该把它同中国水墨人物画发展的进程联系起来进行考察。从徐悲鸿的倡导，蒋兆和、李斛等人的努力，到二十世纪五、六十年代美术院校中国画系师生的推进和发展，传统水墨画吸收了解剖学、透视学以至色彩学和素描等表现手法，使水墨人物画在写实的方向上向前迈进了很大一步。

写实水墨人物画在这个时期的发展，同以现实主义作为主流的中国文艺的大背景是分不开的。现实主义美术和其它现实主义文艺一样，具有鲜明的社会意义，这决定了它在题材和主题上的选择倾向，其表现方法基本上是写实手法。由于它在一定历史时期里处于独尊地位，而使其它倾向的艺术不可能得到充分的发展。与此相应的是，水墨人物画出现了一个以写实表现为代表的兴旺时期。尽管人们对此抱有不同看法，但这毕竟已成为历史，可以慢慢地讨论。而现在人们所关心的是，水墨人物画发展的再一次高潮何时到来？如果到来，还会不会再以写实的倾向为主？一些在写实水墨人物画创作中颇有成就的画家目前的驻足、彷徨以至转向，正反映了这种关注、思索和焦虑。

我想，一个艺术家大概总是有困惑相伴，尤其在社会变革的时期。画家总是在不停地深化对生活的理解和认识，丰富加强自己的感受，汲取前人艺术中的营养，锤炼自己的艺术语言，但这都离不开一种执着的艺术精神和基本追求为主导。

谢志高的艺术信条是不尚浮华，力求敦厚，虽然重视技巧，但不以玩弄笔墨为能事。近来，画家又作了一批与以前风格不同的作品，与其说他在不停地画，不如说是在作更多、更深的思考。他凭着自己基础厚、路子宽，而把探索置于一个开阔的天地。他始终保持着严肃的创作态度和执着的探求精神，矢志不渝地进行艺术追求。他曾画过一幅题为《屈于求索心为磐石》的作品，颂扬屈原那思考的深沉和信念的坚定，这大概就是跋涉在艺术征途上的画家所作的自我写照吧！

邓福星
博士
现任中国艺术研究院艺委会副主任
原美术研究所所长《美术观察》主编

在西班牙巴塞罗那画展上 （摄于1997年）

关注时代生活变革的艺术

——谢志高其人其画印象

● 钱海源

　　我与中国画艺术研究院著名人物画家谢志高，是广州美术学院附中与大学的同窗好友。大学毕业后，他先是在河北美术出版社任美术编辑、办画刊，在繁忙的为他人做嫁衣裳的工作之余，坚持年画、连环画和中国画的创作，并不断有作品参展、发表和获奖，后又进中央美术学院研究生班，成为蒋兆和、李可染和叶浅予等大师的高足。

　　正如人物画家林墉评价志高所言："他是当今中国人物画坛中，可以白手对青天、笔下任舒展的为数不多的高手之一。造型的化境，正是他艺术的张力，流行的狂躁虚妄与他无缘。"当今中国社会充满了各种诱惑，商品大潮席卷神州大地，作为一位功成名就的人物画家，志高仍然保持着朴实与真诚的平常心态，一直关注着人生与时代生活变革的风云。他不理睬这些年来流行于文坛艺苑的"淡化生活"、"远离时代"的种种邪乎的理

论，仍然坚持深入生活，每年都要挤出一定的时间去写生，感受时代生活，在生活中发现美，在创作中表现美。在 1998 年夏季震撼世界的伟大抗洪斗争中，志高从汕头安葬亲人返回北京，第二天就冒着高温赶到荆江大堤，在长江抗洪前线深入生活，画速写。与近年来人们常见的某些被吹得神乎其神、在艺术形式方面陷入另一种模式化的倾向，思想内容贫血、形象没有灵魂的作品相比较，志高的人物画，不但可以看到他在坚持人物画创作的诸如笔墨、用线与赋彩的艺术图式语言方面努力探索的新成果，而且可以看到人民创造历史的脚印。

　　执着地坚持现实主义人物画创作的志高，在新时期二十年来，不断地尝试用新的笔墨与色彩等构成新的视觉形象，描绘当代中国日新月异的改革开放的新生活和新人物。在他的笔下，既有如纪念碑式的《建设者》和《黄河颂》等鸿篇巨制，又有体现

了画家南方人的气质、热情歌颂南国水乡与海边渔村劳动妇女纯朴美的《春雨》、《沙田绿雨》和《惠安女》等许多人物画优秀之作。他为作家茅盾的小说《春蚕》所作四十幅水墨画插图,被公认为力作。到了九十年代,他仍然不忘以自己喜爱的屈原、杜甫和李清照等先贤人物入画。这不但体现了志高拥有驾驭多种多样艺术表现技巧的能力,而且表明志高对于中国古代历史,对于中国悠久的传统文化具有根基深广的修养。

钱海源
湖南省美协副主席
中国美协理论委员会委员

游无锡太湖梅林时留影 (摄于2003年春)

在法国巴黎梵高的画作前留影　（摄于 2002 年）

写心与诗思

——谢志高人物画赏记

● 刘曦林

　　如果说文学是人学，绘画也是人学，尤其是人物画，以人为表现对象，也表现画家对人的认识和情感，因此，可以称之为造型或视觉的人学。具有悠久历史的中国人物画，在中国文化的时空里形成了自己的一些思维方式和艺术特色，它不仅主张传神，还主张写心，在我们这个诗歌大国，自然地也受到了诗的影响，又讲究诗思。

中国画研究院画家谢志高，自五、六十年代起接受的是中国现代人物画的传统训练，现实主义曾经是他主要的思维方式。将西洋画造型的技巧和中国画的笔墨融和在一起，也曾经是他锤炼艺术语言的主要途径，一直到八十年代，他依然是那么热诚地关注着人生和时代的风云。当有感于城市住房的紧张时，他敏感地瞄准了建筑工人，以雕塑的造型为他们塑造了一座"纪念碑"——《建设者》。这位祖籍广东，生于上海的南方人，又是那样熟悉和热爱水乡的农民，所以才有《春雨》、《沙田绿雨》这类作品，在一片朦胧细雨中展现农家扫女的身影，以及她们纯真朴实的内心世界。尤其是他历时五年创作的水墨连环画精品《春蚕》(1981—1985)，把茅盾以文学语言塑造的人物成功地转换为视觉语言，有时以特写的方式、浓重的笔墨突现了老通宝在黑暗中求生的那紧张的眼神和劳动的大手，有时以粗笔淡抹只约略地表现出仿佛一闪而过的阿多的意象，有时以俯瞰的视角展现出人生步覆艰难的深层次空间，有时又类似电影中的空镜头，以环境氛围烘托人物心境的起伏。《春蚕》的成功一方面体现出他着力于写实和传神的现实主义精神的深度追求，另一方面也看得出他正寻找一些新的视角和新的语言，用新的视觉形象来表现人物，力求突破以往的现实主义人物画的模式。

谢志高不是赶时髦的画家，但是他受到了时代的感召，近年正一步一个脚印地变革着自己的艺术。这种变革，其一是将人物画诗化的尝试，其二是笔墨语汇与色彩语汇的融合。就如《晒谷》，与其说他是在表现劳动本身，不如说他是在捕捉劳动者犹似舞蹈的运行节奏。九十年代的《黄河颂》、《乡村喜事》，不乏人物形象塑造的精谨，但着意点却仿佛是为了谱写壮丽的黄河儿女奋发向上的史诗。他笔下出现的以磐石般形象塑造的屈原、雨疏风骤中情绪复杂的李清照、悲剧感深重的杜甫，虽是描绘古人，但表现的却是一位当代画家对人生世事富有诗意的情愫，也都是写心之作。如果说，谢志高的人物画有一个从注重写实到倾向写意的变化，从注重写心到倾向于诗思的变化，是否也可以说，他的写意还保持着和写实的联系？写心和诗思在这些作品中也实现了统一？因为，诗者、画者，皆"心之言，志之声也"。

刘曦林
原中国美术馆研究部主任

在钓鱼台国宾馆创作《八仙过海》 （摄于1994年）

凝重与灵动

——谢志高人物画的笔墨特色

● 陈履生

　　20世纪的人物画是有成就可言的。它反映了一个时代的社会现实，经历了一个服务于时代的创作高峰，因此，在中国画发展史上获得了特殊的地位。20世纪的人物画继承了几千年前就已经形成的"成教化，助人伦"的传统，并将这一传统发扬光大。在这一历史的发展过程中，不仅出现了一批在20世纪中国画发展史上的重要画家，而且人物画画家在整体数量上增多，人物画的普遍水准提高，巨幅作品也层出不穷。

人物画在20世纪的成就，基于一个历史时期的社会要求。为了完成时代使命，人物画改变了过去以画谱范式为基础的表现内容，通过深入生活，表现生活，扩大了题材范围；同时吸收了西方和苏联的造型方法，使人物画在造型上获得了自身的完善和突破。虽然这种体系上的完善从某种意义上说，是以牺牲传统的审美特点为代价，但是，由此而吻合了20世纪的社会发展和时代要求。人物画以造型为突破的时代变革具体表现为：一方面是素描、速写的融入，作为基础训练的手段，提高了造型的能力；另一方面是连环画的辅导，帮助解决了造型的问题，又提高了构思、构图的能力。这两个方面，反映在一代人身上几乎是相似的过程，却表现为不同的结果。在进入一个新的时代以后，人物画的整体面貌虽然发生了很大的变化，但是，与前一个时期相联系的发展，却在当代人物画的发展中显现出了新的格局。

谢志高的历程见证了这样一个时代。他从1956年14岁的时候，就创作了连环画《送食盒》，不仅参加了展览，还得到了首次发表的喜悦。在倡导连环画的20世纪50年代，谢志高与同时代的许多学画的同学一样，是以连环画作为进身的初阶。学画从画连环画入门，也是20世纪中国美术的特殊现象之一。此后直到1985年，谢志高在中国连环画辉煌时代的末期，还创作了他的连环画代表作《春蚕》。《春蚕》作为艺术化的水墨连环画，以其精致的画面表现，深刻的人物刻划，基本上反映了鲁迅半个世纪前所提出的小人书也可以出米开朗基罗的愿望。伴随着连环画时代的逝去，在30年的时间内，谢志高画过不少连环画和插图，而他的人物画成就无不反映了他在连环画方面的基础，而《春蚕》无疑是谢志高在连环画舞台上最佳的谢幕礼。谢志高从1958年考入广州美院附中，后来又于1978年考入中央美院研究生班，一直受到了良好的学院教育。他的教育背景基本上决定了他以后的发展方向，也成为他在学理化的道路上为之努力一生的基础。谢志高受业于蒋兆和、叶浅予等著名的人物画画家，在基础训练方面，他不仅在习作的范围内，解决了人物造型的问题，同时还逐步调和了西方式的人物造型与中国传统的笔墨的关系。他在累积的大量的素描、速写的基础上，还用水墨画了许多人物头像、人体写生，这些写生不仅锻炼了他的笔墨和表现，有些还超越了习作的范围反映出他在造型上的功力和笔墨上的趣味，传达出美学上的意味，

在泰国曼谷举办画展，泰国副总理及
夫人出席开幕式　（摄于 1990 年秋）

在香港举办画展，香港美术研究会会长赵t
光（左二）等出席开幕式　（摄于 1990 年春

表现出了他富有学理化的艺术追求。

20 世纪中后期成长起来的一代画家，其创作能力是超强的，因为他们是在各种创作任务的压力下成长起来的。他们的创作在表现主题、反映生活、挖掘内涵方面都有各自独特的方式和方法，并能得到同道在认知上的共识；他们在处理内容和形式的关系时，也有一套既循规蹈矩又具有特点的理念，这种理念往往是巧妙地利用了某些能够为多数人所接受的形式。他们通过具体创作的磨练，带动了各自绘画能力的提高。从创作中不断提高的谢志高的人物画创作，在表现主题方面有着自己的方式和方法，这一方式的核心基本上都是以反映他的生活为出发点。在他的创作中，有他成长中的以潮汕地区为主的南方记忆，也有他长期工作和生活过的华北感受，还有行旅中的青藏高原、天山脚下的各地掠影。围绕他的生活所构成的一个题材系统，表现了他的人生历程，印证了他艺术的各种来源。谢志高对现实的关怀，并没有因为时代审美潮流的转变而改变，他的《青藏高原》和《黄河之巅》(2001 年)作为最新的主题创作，仍然反映出他生活的印迹和生活的感受。这种几十年如一日的现实关怀，几乎是一代画人的情操，而谢志高的执着，既体现了他的艺术理想，又反映了他的个性特征。

在现实题材的人物画创作中，谢

志高以具有独特方式的造型和笔墨，反映出他的个性特点，并表现出凝重的风格。他比较注重造型，以夸张的方式把造型中的各种关系表现出来，这些内在的关系既有生活的依照，又有艺术的升华。谢志高正是运用了像雕塑那样凝重的语言，表现了他感悟生活的累积，反映出时代生活中的和平、安详、乐观、向上的旋律。这种凝重的感觉，消解了时代发展中的萎靡，给人以振奋；这种凝重的气度，融合了社会前进中的精神，也给人物画以地位。或许这正是谢志高不放弃主题创作的原因，或许这也是谢志高作为人物画画家的责任所在。谢志高在画面中反映出的造型和语言的特点，在主题性的创作中，往往强化了主题的表现，而与之相应的笔墨，在那厚实而有变化的表现中，也以那富有理性的挥写，增加了凝重的感觉。

作为一种调剂，也是作为一种补充，更是一种喜好，谢志高的人物画创作的另一方面，是比较温情的风格，给人以轻松、灵动的感觉。这种风格是基于笔墨的表现而放笔于现代和古代的淑女，或古典题材的人物。在现代淑女中，那种悠闲、恬静，通过笔墨的传达，趣味横生，韵味深长。而他笔下的古代淑女，那股忧伤、清逸，往往通过诗情的表达，反映出文学的趣味。谢志高还画失意的杜甫、写诗的李白、隐逸的东坡、放逐的苏武、面壁的达摩、醉酒的钟馗……，这些都和人们熟知的历史故事相连的人物。在谢志高轻松灵动的笔墨之下，画面表现出了与笔墨相应的内涵，尽管这之中不乏凝重，但是，谢志高画得却非常轻松、抒情。因此，这一幅幅画又好像一首首抒情诗。

凝重和灵动，是谢志高绘画的风格，也是他的笔墨特色。在人物画的范围内，现代传统中的笔墨表现，以历史传统的笔墨为参照，并融入了20世纪许多著名的人物画家探索的成果。谢志高不仅继承了这一传统，而且在融会变通中，表现出了新时代的特色。不管是用线，还是没骨；不管是水墨，还是设色；不管是传统的空白，还是现代的铺底，谢志高都用他的方式强调笔墨的表现，从而反映出他对发展当代人物画的认知。

谢志高是一个追求学理化的画家，他常常在笔墨的多样性中，反映出对笔墨之道的探索。因此，他在凝重和灵动之间的表现，实际上就是对当代人物画发展的一种探索。他在其老师辈所开创的20世纪人物画成就的基础上，作为发展新时代人物画的领军人物之一，正为21世纪人物画的发展作出努力。

20 情愫如画

——谢志高作品印象

● 丁 宁

当代的中国水墨人物画可算是一个不时会使人兴奋的独特领域，尤其在其贴近当代的现实生活、谋求既有传统笔墨又追求新的造型语言的特点等方面，已经做出了一系列相当不俗的尝试，为中国画走向未来的发展谱写下了不乏亮点的篇章。每看到谢志高先生的新作，无论是其巨制宏篇还是蕞尔小品，我都有难得的怦然心动。他的人物画作品无疑是可圈可点的。

谢志高先生现为中国画研究院的资深人物画家。他在早年时就崭露了绘画天分，十四岁便在报章上连载发表古装人物连环画。从广州美术学院毕业以后，他在出版社从事了多年的美术编辑工作，同时其创作的作品也屡次获奖。1978年，他脱颖而出，考入了中央美术学院，成为中国画专业的研究生，亲炙了蒋兆和、李可染和叶浅予等名师的谆谆教示，同时用功尤勤，熔南北画派之菁华于一炉，在

艺术上有了更为显著的跃迁。其后，无论是在中央美院国画系教书，还是在中国画研究院专事创作，他都敏锐好思，善于探索，兼之以后在多次被邀海外讲学和展览之际饱览中外艺术珍品，画艺持续精进，风格愈加朗然。如今，谢志高无疑已是当代中国水墨人物画家中最具实力的艺术家之一。

谢志高的作品之所以一直在圈内外均有好评，其中当有不少值得思考的地方，我想最引人注目的一点是，他在画面上挥洒笔墨和色彩时总是由衷有情，这是他的作品一贯无殊的动人魅力之所在。凡是笔墨可宣的永远是从他的内心中自然流淌或喷涌出来的真情实感，因而就有了感动人心的力度。我们时常可以发现，在中国画的圈子中有不少水平其实不低的艺术家在心仪和讲究传统法度的同时往往会不自觉地被程式意气十足的手法所羁绊而忘却了艺术中至

关重要的情感的力量，到了最后，其作品往往有笔墨的架构，却丢失了那种宛若天成、真气弥满的感人意味，散发着迹近匠气的仄狭和做作。以这种意义上说，在中国画的传统格局里如何自如或酣畅地传达出属于现代人的真挚情愫实际上就是对艺术家的一种颇具挑战意味的践履要求。我以为，画家谢志高对这种挑战的回应是独特的，透发出了举重若轻的大气，能够将冥心澄虑的思路与来自生活的亲验均潇洒地迹化为行云流水般的迷人笔墨，使得情感的强烈抒发或自然而然的流露都变成了一种诗意盎然的过程。这当然是画家的一种极高的憬悟水平的体现。

　　画家谢志高并不总是采纳那些相对显重的题材从而可以渲染激情澎湃的人物场景或画面，而是有点青睐那些相对显轻的题材，有意让心中蕴涵的情感体验，无论是清澈的还是依稀的，不管是缅怀的还是憧憬的，都能逸笔草草、轻车熟路地画得落落大方、淡雅清隽。尤其是他那些水墨的人物小品总是给人一种沦肌浃髓的至美感受。确实，相对而言，纸香墨润的朦胧意绪是一种更难把握和尽兴渲染的境界。水墨人物画中的微妙意兴的诗意阐发委实也是对艺术家非凡才情的一种考验。我相信，谢志

访问日本，在长野雕塑公园
参观留影　（摄于1988年）

中央美院研究班的
老同学来家作客

左起：华其敏、聂鸥

高已经在这方面显现出了相当的才气与不可估量的潜力，假以时日，当能获至体验与表达的自由极致的境界。

画家谢志高并非只是在小品上才显得才情横溢、炉火纯青。实际上，他是不乏出手不凡、气势灏漫的主题性大画的。以前，我见过不少小品画画得娴熟无比也颇有味道的画家，但是，却又很少看到他们同时能把大画也画到某种精彩的地步，有时他们在大画上屡屡露怯而几乎丧失了再次涉足的起码勇气，比如远离了那些要求提交主题性作品的美术展览。可是，对大画或大题材避之若浼，恰恰

是中国画难以更上一层楼的瓶颈环节。然而画家谢志高的大画却是画得颇得心应手的，甚或有时有令人刮目相看的宏大效果。同样，画家也是很少去画自己未曾亲历或感受过的题材的，而总是在深入生活本身之后的感动中拿起画笔，抒写出有独到发现的印象和激情。因而，他的大画不仅具有撼人的气魄，更有耐看的内涵。如果说，谢志高的水墨人物小品画宛如一股淙潺的清泉，那么，他的那些主题性的大画就仿佛是一道恢弘的情感彩虹，更为充分和强烈地显示出艺术家对现实本身的那份关切和热情。水墨画假如不能容纳现实生活中

左起：谢志高、王迎春、史国良

左起：杨刚、翁如兰

的这些深度的情感，那么其闪现的光芒就将是单调和乏味的。我能感觉到，画家谢志高在这方面的努力开掘上有其一贯的抱负和执着。

显然，谢志高在小品和大画上的距离甚大的追求都与传统的笔墨语汇联系在一起，正是那种来自传统的滋养所铺垫的坚实底子，使得画家有了一种不逾矩镬的特殊力量和自由张力。他或者是将熟知的形象融进新意盎然的造型格局里而并不显出突兀和生硬；或者探索惯例化的素材以外的人与事物，形成仿佛法度俨然的崭新转义；或者是以某种感性的契帆切入一种似乎常常只有迂回才

能达到的心曲，使之化为一片粲然的景致，令人无以言叙而又心有所悟；或者是对自我的单纯而又直接的点化与抒发，画面本身就是再好不过的印迹，自由地流溢着别有意味的"淡美"；或者是以结构宏大的群像昭示一种无以替代的精神的气象或时代的特征……总之，不管是对体验中的个体还是群体的表现，都或多或少地显示出着画家对打开具有无限可能的传统水墨形式领域的执着兴趣，同时又体现出艺术家语不惊人誓不罢休的不懈追求。这实在是一种极为难得的艺术创造姿态，因为，艺术家一味地偏诣传统而不能出乎其外，或者

企图悖逆传统而期盼所谓的"前不见古人，后不见来者"式的石破天惊，至少在中国画的这一领域里不会是有什么前途的作为，除非艺术家不再有足够的勇气与胆魄直面和遵循中国画这一特殊体裁的最低美学限度，但是，那就只能是另当别论了。确实，没有任何理由使我们不相信这样的艺术格言：恰恰是限制中的创造才具有最激动人心的地方。谢志高无疑是在身体力行着。

看了谢志高的大量画作，我们不仅惊叹他小品与大画的兼善，也时时能体会其追求"如画性"时的独到用心。这特别体现在他对画面的一气呵成似的经营上。他不愿意看到自己的画面上存在着任何多余的枝节，而是做得绝对的清爽、干净，令观画者一面对作品就不自觉地产生视觉上的兴奋，从而得到清越、舒畅的体验与享受。他的晚近作品尤其具有简练、明快的特色。这种一方面既芟夷冗余，以一驭万，另一方面又在整体"完形"中难以再寻绎出笔墨的端委交接，可以令人产生经久绵长的回味的画面，其实又何尝不是源自传统的中国画美学中的一种理想！或许，正是时时不忘来自于传统的无声警励，同时又总是付诸发乎内心的情愫，画家的艺术功底才获得了巨大的发挥空间，仿佛艺术道路的前方总有新的曙光和视野，而作品的创作也就不乏那种乘之愈往的动力。这是多么值得孜孜以求的美妙境地。

不由得要想起老子的至理名言："孰知其极，其无正也。"

丁宁
博士、教授
北京大学美术学系副主任

Master painter
Chinese artist shares expertise with Furman students

By Lynn Cusick
Piedmont People writer

Furman students have the chance to view Chinese art through the eyes of a master this semester thanks to the Fulbright Scholar-in-Residence program.

Xie Zhigao is one of the most heralded artists in China, with a resume that impresses even painting novices. As such, Furman students and staff members have given the visiting artist a warm reception.

"Many people want to see him and talk to him, learn from him," explains Zhigao's interpreter Zhu Ziaoqing. The artist doesn't speak any English but the language gap hasn't caused too much trouble with his teaching.

"Art is a product of the civilization of human beings," Zhigao says through Ziaoqing. "We can find a common connection."

Born in Shanghai, Zhigao started painting at the age of 6, when he drew pictures from story books. He published his first work of art when he was 14 and was accepted into a special high school affiliated with the Guangzhou Academy of Fine Arts when he was 16.

Later, after passing a national exam, Zhigao was chosen to attend the prestigious Central Academy of Fine Arts in Beijing. When he finished his graduate study, he stayed on at the arts school as a professor.

In 1988, the artist transferred to the equally prestigious Research Institute of Chinese Traditional Painting, where he did research as well as work on his own artwork. He stayed in that position until he became a Fulbright Scholar and arrived at Furman in August.

He will continue to teach Chinese art until June, when he hopes to travel around the United States and visit museums and meet with nationally-respected artists.

Zhigao has been published in numerous art publications and has held exhibits in Hong Kong, Thailand, Japan and at Furman.

This is his first visit to America and the first time he is teaching American students. But, he is impressed with the enthusiastic response to his classes, which are filled with art students as well as those in other disciplines, such as political science.

"Americans seem to show interest in any kind of art and culture," his interpreter says. "It gives students opportunities to compare culture and arts (from different countries). He draws lessons from modern art and combines it with ancient Chinese style of art."

Zhigao lives alone in an off-campus apartment, but keeps in close touch with his wife and two children — all painters as well — in Beijing.

Careful not to step on the toes of his hosts, Zhigao politely declines to discuss differences between his homeland and the U.S. except to note that "Chinese spend more class hours than Americans" and "facilities in American universities are better than those in China."

Zhigao recently visited the Art Institute in Chicago, which he says is very similar in style to the academy where he taught in China. Pleased with the trip, he looks forward to visiting other universities when he finishes his term at Furman.

"He feels his time (in America) is too short," Ziaoqing translates. "To get a complete understanding, you need more time — several months at least — because America is so big. It's *huge*."

— Dave Ekren

Xie Zhigao, a Chinese artist, with an example of his painting
The internationally renowned painter is teaching at Furman this semester

1992年美国报道

1992年美国报道

1992年美国报道

1992年美国报道

Page 2 / February 14, 1992

THE PALADIN

Campus Briefs

● Frosh More Liberal

A larger proportion of the class of 1995, compared to previous classes, consider themselves more politically liberal, choose schools according to cost and financial aid rather than academic quality and look toward careers in medicine rather than business or law, according to the 26th annual American Freshman Survey.

Results from the study appeared in the February 4 issue of *The Greenville Piedmont*.

About 210,000 freshmen at 490 colleges and universities nationwide were polled.

The survey shows that the percentage of freshmen who categorize themselves as politically liberal or far left increased for the second straight year, from 24 percent for the class of 1994 to 26 percent for the freshmen of 1995. The number of conservative or far-right students continued a slight decline, from 25 percent in 1989 to 20 percent in 1991.

Slightly over 53 percent of the freshmen say they frequently or occasionally drink beer, down from a peak of 75 percent in 1981.

● Research Awards for Profs

College and university faculty members with research interests in health physics infrastructure at next may apply for the U.S. Department of Energy's Health Physics Faculty Research Award (HPFRA) Program.

Guest

continued from p. 1

Although the copying stage is not used in Western Art, Xie claims that with life is a form of copying.

According to Xie, one of the traditional Chinese art forms misunderstood by many Americans is Chinese Calligraphy.

"Calligraphy is an expression of the rhythm between the dots, points, and lines of Chinese characters. Students who do not know the meaning of the characters can consider Chinese Calligraphy a form of abstract art," notes Xie.

The Asian Studies and Art Departments are sponsoring a Spring Term course in Chinese Calligraphy taught by Xie.

These pieces, by Zhi-Gao Xie, are examples of traditional Chinese painting.

FCA Retreat Draws 140 Furman Students

FURMAN REPORTS
Furman University
Greenville, S.C. 29613

Learning Chinese art from a master

Furman students and art lovers currently have a rare opportunity to enjoy and learn more about Chinese painting (light) as famed Chinese artist Zhigao Xie is Fulbright Scholar-in-Residence in the art department during winter and spring terms when he is teaching Chinese painting and calligraphy.

During the month of January, works by Prof. Xie and by another prominent Chinese painter, Zhi-ang Zhang are on exhibit in the Thompson Gallery of the Thomas Anderson Roe Art Building. Their paintings achieve a harmonious blend of traditional Chinese and Western art.

Prof. Xie is a native of Canton and attended that city's Academy of Fine Art. In 1978, during the Cultural Revolution, he and thousands of other artists and intellectuals were sent to the countryside for "reeducation" among the peasants. Although he was forbidden to paint, he continued to pursue his art in secret.

Later, after competing nationwide, he was chosen to attend the prestigious Central Academy of Fine Art in Beijing. After graduate study, he became a professor there.

These years ago, Prof. Xie joined other painters at the national research center considered the pinnacle of the Chinese art world. He has had exhibits in Hong Kong, Thailand and Japan. His wife and daughter are also artists.

Prof. Xie with his ink and color "Interpretation from Chiang Zhao's Poem"

Guest Art Professor From China Offers A Wealth of Opportunity

by Susan Greenwell
staff writer

Professor Zhi-Gao Xie (pronounced "shoe-s"), a Fulbright Artist in Residence at Furman, is one of the school's little-known treasures.

Xie, a graduate of the Central Academy of Fine Arts in Beijing, arrived on campus at the beginning of Winter Term and will remain through the end of Spring Term.

His stay on campus offers a wealth of opportunity to the Furman community. Besides the obvious advantages to Furman art majors, Xie offers students and faculty alike a chance to learn more about the "mysterious" ways of the Chinese.

Although this is Xie's first visit to the United States, he previously taught many foreign students in China. The most difficult aspect of teaching at Furman, he says, is the language barrier. Mr. Xie speaks little English and he feels this inhibits him greatly. He is eager to speak to students in an informal setting, but requires an interpreter to communicate.

Xie is disturbed by Americans' lack of interest in Chinese culture and language. Many Chinese speak English, he explains, but few Americans speak Chinese. However, Xie says that his invitation to teach at Furman leaves him optimistic about the future of relations between China and America.

"It is rare for an American university to invite a Chinese artist to teach Chinese art. This is exciting and represents a good beginning," says Mr. Xie through an interpreter.

Xie is also surprised that students know so little about traditional Chinese painting.

"When I was an art student in China, we studied Western painting techniques. There were two majors in the Academy of Fine Arts. One was Chinese Art; the other Western Art," explains the instructor.

The two styles of art are distinctly different, and he has managed to master them both.

Xie says traditional Chinese painting begins, at the most elementary level, by copying the techniques of the great masters of the art. After students copy the masters, make sketches, and recreate the copies from memory they can create and develop their own style.

Please see "Guest," p. 2

Works of art by Professor Xie on p. 2

Guest Art Professor Zhi-Geo Xie

photo by Katy Malsbenden

students around the world. Freshmen Anhar Karimjee, Crystal Kaentig and Dow Colet are the organizers of the event at Furman.

relevant to the southeast such as the Savannah River Site.

Conferences will be coordinated so that students...

GPAs of St Below Tho

by Matthew Hennie
News Editor

Furman's 295 student-athletes have lower grade point averages (GPAs) than other students, according to statistics released by the Office of Sports Information on...

sues as well as to develop a plan... a U.N. sponsored global youth...

A SEED is a project of the...

谢志高

- 1942年6月10日生于上海，原籍广东省潮阳县达濠镇赤港乡（现归汕头市）
- 现为中国美术家协会理事
- 中国画研究院专业画家，院艺术委员会委员
- 国家一级画师
- 文化部高级职称评委，国务院特殊津贴专家
- 中国艺术研究院特聘创作研究员

中央美院全体研究生参加中央慰问团赴广西、云南二地，谢志高和李正声与中国煤矿文工团部分演员合影（左一谢志高，左七李正声，前排中间为团长邓玉华）　（摄于1978年）

研究班在敦煌实习时合影，前排左起：翁如兰、刘虹、楼家本、华其敏、聂鸥（壁画）；二排左起：刘大为、胡勃、李平凡、平山郁夫、陈鸿年、谢志高、李正声、褚大雄（人美）；后班左起：王定礼、韩国榛、杨刚、史国良、朱振庚、戴士和、章民生（壁画）　（1979年秋）

- 1956年　连环画作品《送食盒》参加"汕头地区美术作品展览"，并在《工农兵》杂志第12期上发表；
  水彩写生《公园》发表于广州《少先队员》杂志第24期。
- 1957年　速写《第一次下地》发表于《工农兵》杂志第11期；
  漫画《考试前后》发表于《少先队员》杂志第2期。
- 1958年　初中毕业，考入广州美术学院附中。
- 1961年　附中毕业，升入学院中国画系。
- 1963年　创作中国画（工笔重彩）作品《大刀的故事》。
- 1964年　年画作品《大刀的故事》由广东人民出版社出版，并发表于《羊城晚报》。
- 1965年　年画作品《大刀的故事》入选全国美术作品展览及全国高等美术院校作品展览，原作由广州美术学院收藏。
- 1966年　执笔集体创作连环画作品《钢铁战士麦贤德》，在《羊城晚报》连载；
  与林墉合作幻灯片《兄弟民兵》，由广东省幻灯制片厂发行。

1980——88年，在中央美院国画系任教，与部分先生合影。前排左起：谢志高、张凭、姚沾华；二排左起：贾又福、刘凌沧、叶浅予、李可染、蒋采萍、李维简；后排左：王定礼、黄润华。

- 1966 年　　大学本科毕业，因文革留校二年。

- 1968 年　　10 月分配到河北省，当印刷厂工人。

- 1970 年　　调任河北美术出版社任美术编辑，参与创办《河北工农兵画刊》(后改为
　　　　　　《河北画刊》)。

- 1971 年　　创作连环画作品《阿福》。

- 1972 年　　连环画作品《阿福》由广东人民出版社出版，并在《红小兵》杂志上连载；
　　　　　　创作连环画作品《广阔的天地》由河北人民出版社出版，并在《河北
　　　　　　工农兵》画刊连载。

- 1973 年　　创作巨幅中国画作品《战海河》由河北省选送全国美展，各经省市投票，
　　　　　　以全票入选预展，但未获"四人帮"文化小组通过。

- 1976 年　　"文革"结束后作品《战海河》在中国美术馆复展。

- 1974 年　　作品《战海河》由河北人民出版社出版挂历，收入海河画册，并发表于
　　　　　　《河北工农兵画刊》杂志；
　　　　　　创作宣传画《立志务农》，由河北人民出版社出版，并发表于《河北文艺》

调入中国画研究院 （摄于 1988 年）

在聂鸥画室与孙为民、聂鸥
夫妇合影 （摄于 1989 年）

杂志封面。

- 1975 年　创作中国画（工笔重彩）作品《万物生长靠太阳》（合作）参加全国年画展
　　　　　览，由《光明日报》首发作品并撰文评介，后由全国各主要出版社相继
　　　　　出版，收入册，许多省市报刊杂志发表。原作由中国美术馆收藏。

- 1976 年　唐山大地震，参加第一批记者采访团，下矿井创作中国画作品《他们特
　　　　　别能战斗》，发表于《河北工农兵画刊》。

- 1977 年　撰写作品《万物生长靠太阳》创作体会，由上海人民美术出版社出版单
　　　　　行本；
　　　　　创作连环画作品《大勇的故事》入选全国美展，并由天津人民美术出版
　　　　　社出版。

- 1978 年　创作连环画作品《小铁头夺马记》由河北美术出版社、广东人民出版社
　　　　　合作出版单行本，获河北省少儿读物一等奖。

- 1978 年　10 月考入中央美术学院中国人物画研究生班。

- 1979 年　为诗集《北国春讯》作封面；

与徐希（左起）、胡振宇、王维新在一起

抗越前线速写发表于上海《解放日报》。

- 1980 年　为《白话聊斋》四集作插图；

　　　　　在山西太原、阳泉等地与李延生、王迎春、杨力舟四人举办联合美术作品展览；

　　　　　创作连环画作品《驮炭记》，刊于《连环画报》杂志第 8 期，获全国第二届连环画二等奖，并参加获奖作品展览，入选 1982 年新中国文艺大系美术集；

　　　　　创作巨幅中国画作品《欢欢喜喜过个年》参加"研究生毕业作品展"，及"中央美术学院赴香港作品展"，发表于《中国妇女》、《河北文艺》、《河北日报》，入选天津人美《中青年人物画集》，原作由中央美术学院收藏。

- 1980 年　10 月自研究生班毕业，后留中央美术学院中国画系任教。

- 1981 年　4 月，受人民美术出版社之约，为创作《春蚕》到江苏农村收集素材；

　　　　　6 月，带美院三年级学生到甘南玛曲等地实习；

在林墉画室，左起：卢申、林墉、刘
志明、谢志高 （摄于1990年冬）

与老前辈老乡陈大羽先生在中
南海合影 （摄于1993年）

　　　　　　为《李白的故事》作插图，由河南人民出版社出版，获中南五省书籍插
　　　　　　图优秀奖；

　　　　　　创作中国画作品《春雨》，参加"中国画研究院成立第一届美术作品展
　　　　　　览"，原作由中国画研究院收藏；

　　　　　　作品《李白》肖像二幅，由山东济宁李白纪念馆收藏。

● 1982年　中国画作品《春雨》发表于上海《文汇》杂志封底，并在《羊城晚报》、
　　　　　　《解放军报》、《四川画报》等处发表；

　　　　　　创作连环画作品《闺女》，获广东《周末画报》杂志一等奖；

　　　　　　创作电影海报《一盘没有下完的棋》，由中国电影发行公司出版；

　　　　　　中国画作品《将相和》发表于北京画院院刊《中国画》杂志；

　　　　　　中国画作品《吴承恩著书图》由江苏吴承恩纪念馆收藏；

　　　　　　1月至4月为法国驻华使馆讲授中国画。

● 1983年　创作中国画作品《建设者》；

　　　　　　彩墨连环画作品《苏东坡续诗》刊登于《河北画报》；

与汕头特区书记刘峰（左一）香港侨领庄世平（左二）、
前驻英大使柯华（右一）在一起 （摄于1990年）

荣宝斋出版的《人物扇面画集》选用1幅并收藏；

为梁斌长篇小说《烽烟图》作插图，由中国青年出版社出版；

中国画作品《贵妃赏荔图》由新加坡周颖南先生收藏。

- 1984年　为1984年第3期《人民中国》杂志作小说插图11幅；

中国画作品《建设者》发表于《解放军文艺》杂志；

中国画作品《节日》等5幅由天津人民美术出版社《迎春花》杂志发表；

中国画作品《将相和》发表于山东《群众艺术》杂志封面；

创作中国画作品《清照词意》赠中国伤残人基金会，在中国美术馆展出，
并收入《捐赠画集》，到香港展出；

中国画作品《贵妃图》被《光明日报》报社收藏，并在中国美术馆展出，
收入光明日报纪念册。

- 1985年　完成连环画作品《春蚕》，发表于《连环画报》第4期；

中国画作品《建设者》发表于深圳特区报；

到青海龙羊峡水电站工地深入生活，创作肖像组画及中国画作品《黄

在西安全国人物画研讨会期间与唐勇力
（右）、赵奇合影（左）　　（摄于 1993 年冬）

在西安全国人物画研讨会期间，与唐勇力
（右）、赵奇（左）合影　　（摄于 1993 年冬）

河之巅》；

为深圳报周年纪念，创作中国画作品《杜甫行吟诗》，为该社收藏，并在

六月发表，收入纪念画册；

中国画作品《建设者》选送"阿尔及利亚国际造型艺术展览"；

《烽烟图》插图选送捷克双年展；

为《羊城晚报》复刊纪念，创作中国画作品《东坡赏荔图》，在广州、澳

门展出，并收入纪念画册；

香港《新晚报》发表速写作品 2 幅；

- 1986 年　中国书画函授大学学刊发表中国画作品《王安石肖像》、《李清照词意》

等二幅；

中国画作品《王安石小像》被甘肃人民出版社《书画集》选用；

主编《工笔人物新画集》，由陕西美术出版社出版；

中国画作品《黄河之颠》在《青海日报》、《青海湖》等杂志发表；

中国画作品《版纳风情》、郑理评介文章《好画看不厌》发表于北京

在西安全国人物画研讨会期间合影，（右起：刘大为、杜滋令、
刘国辉、谢志高、陈政明）　（摄于1993年冬）

"生活参谋报"；

中国画作品《惜春》参加东京"中日水墨画联展"，并收入画册；

中国画作品《祝福》参加中国美术馆、北京美协联合举办的"七一"
画展，获优秀作品奖，并为北京美协收藏；

插图作品二幅参加在中国美术馆举办的"全国文学插图艺术展"；

中国画作品《春雨》、《拜石图》2幅被辽宁省博物馆收藏。

- 1987年　为深圳特区报5周年创作中国画作品《采荔图》，为该报收藏并收入画册；

中国画作品《老当益壮》参加北京美协在中国美术馆举办的"人物画新
作展"；

作品8幅参加"中央美术学院中国画系教师作品展"；

为纪念中国人民解放军建军60周年创作中国画作品《青春之歌》，在军
事博物馆展出，并为之收藏；

作品12幅及人体速写等22幅参加"中国画研究院画家作品展"；

文章《也谈负荷力》及中国画作品《建设者》发表于《中国美术报》；

与龚文桢合办"速写写生画展"何海霞先生莅临指导
（摄于1994年春）

在南澳海滨，与版画家肖映川合影

参加深圳艺术节，为之创作中国画作品《太白松风图》，并收入《中国书画名家作品选集》；

为运河纪念活动创作中国画作品《李白与杜甫》，收入大型画册《京杭运河书画集》，并在中国美术馆展出；

中国画作品《清照词意》参加在广州举办的"金华夏"画展；

为中国第一届艺术节创作中国画作品《沙田绿雨》，并收入纪念画册。

10月调入中国画研究院任专业画家，从事创作与研究。

- 1988年　中国画作品《清照词意》及沈希诚评介文章发表于《大众美术报》；

中国画作品《秋韵》发表于《中外产品报》；

撰写的《写意人物画技法》第l讲发表于人民美术出版社出版的《美术向导》杂志第12期；

中国画作品《春雨蒙蒙》发表于《国际商报》；

《谢志高中国画小辑》一套（12幅）由香港明心出版公司出版。

中国画作品《春雨》、《杜甫行吟图》等发表于《人民中国》杂志；

叶浅予先生88岁华诞，到先生家祝寿　（摄于1995年3月31日）

中国画作品《沙田绿雨》参加"国际水墨画展88"，获优秀作品奖，

并收入《国际水墨展88》画集；

作品6幅参加在法国巴黎举办的"中国画作品展"；

中国画作品《秋韵》参加"第四届中日水墨画展（东京）"，并收入画集；

撰写的《写意人物画技法》文稿发表于《美术向导》杂志第14期、17期。

- 1988年　　10月率画家代表团访日，参加"第4届中日水墨画交流展"活动及作讲
座。

- 1989年　　连环画作品《春蚕》7幅及创作体会《我画春蚕》刊登于岭南美术出版社
出版的《画廊》杂志第24期，并发表陈少丰教授评介文章《有感于〈春
蚕〉连环画》；

4月中国画作品《妈祖巡海图》参加有东方美术交流学会主办的"福建湄
州画展"，作品为台湾收藏；

7月中国画作品《春雨》入选"全国第七届美展"，在广州展出；

中国画作品《毛驴世界》参加由中国美协主办的"'丝绸之路'美展"，

在钓鱼台作画与宋文治先生为邻 （摄于1995年夏）

在无锡"全国人物画座谈会"时与
李延声合影 （摄于1996年10月）

在中国美术馆展出；

《华声报》发表由陈建玲撰写的评论文章"他在中国人物画领域开拓"，
并刊登作品二幅；

8月中国画作品《春风又绿江南岸》等4件参加"北京名家画展"，在新
加坡展出；

中国画作品《太白松风图》发表于新加坡《联合晚报》并被收藏；

9月中国画作品《秋赋图》参加文化部艺术公司举办的"中国现代艺术
展"在日本东京展出，作品被收藏；

中国画作品《李清照词意》入选《中国高等美术学院中国画集》，登《中
央美术学院分卷》，由湖南美术出版社出版；

《美术》杂志第九期"画家评介"专栏发表邓福星博士论文"在传统与现
代之间的选择"——谢志高水墨人物画评介，并发表作品《春雨》等五
幅；

10月中国画《倦绣图》选入文化部第二届艺术节宣传册；

在宜昌三峡刻石工地与冯今松先生合影　（摄于1996年）

中国画《雨中吟》选入《中国现代书画集》，并于1988—1989在汉城奥运会及日本巡回展出；

中国画《春雨》、《沙田绿雨》两幅参加由"国际艺苑"在中国美术馆举办的第3届水墨画展；

11月《南方日报藏书画选集》出版，刊登中国画作品《吟秋图》；

12月中国画《春之梦》参加"第5届中日水墨画展"，在东京美术馆展出，并刊登于画集；

为亚运会与周怀民、秦岭云、阿老等老画家合作巨幅花鸟画，并作"秋吟图"，均献给亚运会。

1990年　水墨人物画写生作品10幅入选《中国当代水墨画选》集，由广西美术出版社出版；

中国画《沙田绿雨》选入《国际艺苑美术奖评选作品集》，由辽宁美术出版社出版；

5月《春雨朦朦》等二幅参加中国水墨联盟作品展；

全国文代会时请林墉（中）、钟增亚（左三）、黎明（右二）、
古锦其（右一）在全聚德烤鸭店吃饭　（摄于1996年）

6月《杜甫行吟图》参加"《东方美术交流学会》画展"；

10月《钟馗听风图》参加"中国画研究院第3届院展"；

10月《相马图》参加在东京美术馆举办的"中日第6届水墨交流展"；

为中央电视台亚运会梅地亚转播中心所作《太白松风图》选入《中央电
视台藏画集》第二册；

为《国际商报》五周年作《印度舞蹈》收入其纪念画册；

中国画《建设者》选入《中央美术学院四十年教师优秀作品选》，由人民
美术出版社出版。

- 1991年　1月，作品2幅参加汉城"中国画代表作家作品展"，并刊作品《花魂》；

人民日报海外版发表作品《晒谷》；

香港汉容书局出版《中国当代书画集》，选入作品《杜甫行吟图》；

香港粤海公司出版《广东名画集选集》，选入中国画作品《潇湘图》；

5月作品参加日本横滨"现代中国书画展"；

香港东方书画院出版《现代中国水墨画新作展》画集入选，作品《春

在福建惠安深入生活，与谢振瓯合影
（摄于1996年）

去甘南，在兰州由郭文涛陪同登山览胜　（摄于1997年夏）

霭》、《鸟语》二幅；

人民日报发表《沙田绿雨》；

香港艺苑编印《艺林集粹》画集，选入作品《渊明种菊》；

中国画《红梅图》被中南海收藏，并入中南海藏品集；

11月参加组织"全国现代人物画展"，并参加主持人物画研讨会；

应美国福布莱特基金会邀请，到美国福尔曼大学艺术系任教，于1992年

1月起开设中国画、中国书法、中国美术史三门课程；

参加创作《西游记》连环画系列获全国连环画套书一等奖，并由辽宁美

术出版出版套书 ；

- 1992年　《听泉图》选入中央电视台编印的书画集；

《当代中国绘画精品大展》画集选入作品《东坡赏荔》；

1月在美国福尔曼大学画廊举办个人画展，展出作品20幅；

3月为《今日中国》杂志40周年作《林花仕女图》，发表于该刊中文版及

英文版；

在深圳关山月美术馆举办个人画展时，关山月
老师亲临指导 （摄于 1997 年 12 月）

6月《谢志高画集》由北京美术摄影出版社出版；

7月到洛杉矶访问，华人艺术家协会举行欢迎活动，国际日报于7月6日
作报导并刊登照片；

7月《中国画》杂志第57期发表作品《黄河颂》；

8月河南美术出版社出版《现代人物画库》套书14册，"春雨"
为其中一册封面，另收入作品10幅；

9月在亚特兰大举办"访美第二次画展"，展出作品28幅；

10月在芝加哥举办"访美第三次画展"，展出作品30幅；

《美中新闻》10月10日发表评论《水墨人物画一绝》并照片；

《今日中国》杂志北美版、英文版发表作品5幅及中央美术学院教授、《美
术》前主编邵大箴先生文章"刚柔相济"。

- 1993年　1月应邀参加《人民日报》迎春笔会，作《报春图》发表于《人民日报》；

1月赴海南参加"大进艺术发展公司开业及画展"开幕活动，参展作品2
幅；

在深圳关山月美术馆举办画展，刘大为
出席开幕式　　（摄于1997年冬）

中国文联组团到贵州采风，与杨长槐（左一）、王培东
（左二）、李志岳（左三）合影　　（摄天1997年夏）

1月底应邀赴汕头参加迎春节活动，并为潮汕历史文化中心创作《韩愈会

贤图》（与林墉合作）；

2月作品3幅参加"汉城中韩两国画家交流展"，并刊入画册；

台湾出版《中国大陆中青代美术家百人传》，下册收入"沙田绿雨"等

二幅作品及简历、评论；

青岛出版社出版《当代著名中国画家作品选》大型画册，收入作品"步

韵图"一幅；

《今日中国》英文版、北美版刊登作品5幅、个人照片及邵大箴评论；

《中国画》总第57期发表"黄河颂"；

（以上画册、杂志均为92年下半年出版，93年见书）

8月，由文化部评定为国家一级美术师（正教授级）；

9月，中国画"春意"以特邀资格参加有武汉长江艺术家美术馆在深圳举

办的"全国第二届山水画展"，并收入《当代中国山水画集》；

9月，作品《乡村喜事》参加在中国美术馆举办的"首届全国中国画展览

林丰俗来访　（摄于 1997 年）　　　　　在张道兴的画展上与张道兴夫妇合影

会";

10 月，参加中南海主办的百名画家纪念毛泽东诞辰 100 周年活动，并提供作品二幅；

10 月，为文化部长刘忠德访日作"赏梅图"，赠日本首相细川护熙；

11 月，至故乡汕头市，出席马来西亚"潮籍画家作品展"开幕式；

12 月，赴西安出席并参加主持由研究院主办的全国人物画研讨会，并赠画"兴尽晚归舟"1 幅，为陕西师范大学图书馆收藏；

河南美术出版社出版 94 年"中国画大台历"，收入作品"清照小赋"1 幅。

● 1994 年　　1 月赴深圳参加中国画研究院画廊活动，为《深圳特区报》作"红梅报春图"（与王迎春、李宝林合作）；

2 月，应约开始为《汕头日报》撰写《中国画艺术赏析》专栏文章，每周一篇，预计一百篇；

3 月 15 日——20 日在中国画研究院展览馆与龚文桢联合举办"'人物花鸟速写作品'展览"；

出席饶宗颐教授书画展开幕式，并作前言　（摄于2001年8月）

5月20日，以"世界华人画家三峡刻石纪游"艺委会成员名义在北京国际饭店参加主持新闻发布会；

6月，完成叶圣陶童话、儿歌精装书二本的水墨画插图；

收到英国剑桥寄来的"国际名人辞典"证书；

8月住钓鱼台国宾馆，作丈二匹中国画"八仙过海图"（364X 145公分）；

10月，中国画"建设者"参加"第八届全国美展"（北京地区）；

11月，为汕头特区教育基金会作4尺《太白松风图》；

11月19日—20日参加广州美术学院附中四十周年校庆活动；

中国画《芭蕉含露》收入香港现代出版社出版的《云烟之光》中国名家书画艺术集大型画册；

《中国画研究》第10辑发表中国画作品"春晖"等4幅；

《中国画名家作品点评》发表中国画"报春图"并附邓福星博士短评；

《中央电视台藏画集》（12开精装）收入中国画作品"春韵"；

《中国画研究》丛书第7集发表文章"自强、实在、阳刚"；

欧洲游莱茵河畔（右起：赵夫人、庄夫人、庄小雷、于文江、张江舟、赵卫、谢志高、谢夫人宋雅丽、于文江夫人周丽）　（摄于2002年10月）

《汕头日报》1994年度发表艺术赏析文章共34篇。

1995年　《深圳特区报》1月15日第12版发表中国画"八仙过海图"，并附吴秋文评论"大璞不琢——记谢志高的大型国画'八仙过海'"；

《水墨仕女画技法》一书由中国美术学院出版社出版；

6月中国画"达摩面壁"参加在中国美术馆举办的"95中日现代水墨画交流展"；

8月《怎样画水墨人物》一书由西苑出版社出版；

中国少儿出版社出版"中华民族传统美德故事从书"，收入"岳飞""王冕"二套彩色连环画；

《深圳特区报》10月15日彩色整版发表作品5幅及邵大箴评论文章；

10月应邀赴马来西亚、新加坡访问，为马来西亚艺术学院讲课并举行"作品欣赏会"；

12月赴山西太原参加"美术观察"召开的《中国画问题》研讨会，张仃等参加；

在云南。（右起：张为之、杨长槐、何水法、张道兴、
谢志高、夫人宋雅丽） （摄于2002年春）

《汕头日报》1995年度发表艺术赏析文章29篇。

- 1996年　　1月为《北京鲁迅博物馆》作"鲁迅像"及书法各1幅，为该馆收藏；

《中国书画名家作品选集》由第3届亚冬会出版，收入中国画《杜甫》；

《美术观察》第4期发表人物写生作品2幅及在太原研讨会发言摘要；

8月赴深圳、广州，为广州天河新火车站贵宾室作"采荔图"、"傣寨风情"二幅；

10月赴江苏无锡参加由中国画研究院主办的"人物画研讨会"；

《中国旅游报》11月6日第3版发表中国画"春晖"；

《中国少儿出版社》出版《安徒生童话故事全集》(32开精装)为其第1卷作彩色插图6幅；

作品2幅参加"广州艺术博览会及香港展览"。

- 1997年　　《中国当代杰出中青年画家新作品集》（福建出版社）收入作品"采荔图"、"春晖"2幅；

3月丹麦使馆举办"安徒生纪念展"，展出插图原作6幅，并用"拇指姑

与吴山明在江西景德镇画陶瓷时留影（摄于2002年7月）

在澳门艺术博物馆与李志岳合影（澳门理工大学教授）（摄天2002年初春）

娘"插图作《海报》及"请柬"封面；

在文化部主办的"迎97香港回归中国书画大奖赛"上任评委；

5月，中国画"岭南荔熟"参加由南韩举办的中、日、韩、台"97济州国际美术交流大展"，并获优秀奖；

应《西中友协》邀请参加由文化部组团出访西牙、马德里、巴塞罗那、法国巴黎等，作品4幅参加巴塞罗那《现代中国画展》；

6月中国文化报24日发表《香港回归》专版，刊登中国画"鸽子图"；

7月下旬，参加珠海文联组织的全国画家邀请展活动，作品《晨风》等二幅收入《邀请展作品集》；

8月，参加在汕头举办的广东省中国画展开幕式及中国画研讨会；

香港文汇报9月28日发表"云山绿野"；

人民美术出版社出版《当代速写》集，收入速写5幅。

- 1998年　8月初赴苏州参加美协定点画廊挂牌仪式，并参展

9月9日—12日参加第五届全国美术家代表大会，被选为理事，作品《佳

参加佛山石景宜艺术馆一周年典礼（右三是冯远）

荔》指赠中国扶贫基金会；

9月下旬随研究院至西安参加中国画学术研究会；

《中国现代美术全集》中国画人物卷出版，作品《沙田绿雨》、《春雨》二幅被选入，由人民美术出版社出版；《中国著名国画家百人作品选》选入作品《鸽子》（中国美协主编、中国文联出版公司出版）；《回归颂诗书画珍藏集》选入作品《绣鸽图》，由改革出版社出版；

9月作品4幅参加北京王府井工美大楼紫兰阁画廊举办八人作品邀请展（另七人：张仁芝、李宝林，龙瑞、王文芳，裘辑木、杨瑞芬、荆鹏）；

10月赴四川成都、都江堰市参加美协巴蜀创作中心揭幕活动；

12月赴深圳参加"深圳首届国际水墨画双年展"活动，作品《垅上行》参展并收入双年展画集。

- 1999年　1月19日人民日报发表作品"春晖"；《千秋功业扶贫画集》收入作品"佳荔"；

2月11日海南日报发表作品"起舞"；

广州美术学院建院 50 周年与部分同学合影。（右起：苏华、曾宏芳、熊启雄、林敦厚、周波、林墉、李志岳、吴泽浩、林丰俗、刘人杰、吴盛源、谢志高）　（摄于 2003 年 10 月）

5 月人民日报发表钱海源评介文章和作品"惠安女"；

4—5 月在珠海创作中国画《雪原人家》；

6 月肖像 4 幅参加由中国美术馆举办的"水墨延伸——99 中国人物肖像作品展"；

8 月任第九届全国美展港、澳、台展区评委赴深圳评选；

9 月，纪念孔子诞辰 2500 年中国画展评委赴山东曲阜评选；

9 月下旬应澳门科教文中心邀请举办个人画展；

11 月中国画"秋韵"参加"中央国家机关书法美术摄影展"（军事博物馆），并收入优秀作品集。

2000 年　5 月赴青岛参加美协创作中心揭幕仪式；

6 月 14 日《汕头选区晚报》发表文章"壮哉！刺仔花"——读陈望国画集有感；

7 月作品 6 幅参加"中国画研究院画家小品展"；

8 月在兰州秋田会馆举办小型个人画展作品 40 多幅；

广州美术学院建院50周年，附中同班部分同学聚餐。（前排左起：苏华、胡钜湛班主任，陈秀蛾老师、陆梅华；后排左起：钱海源、李金明、林墉、关则驹、谢志高、熊启雄、郭法祥、刘海志、卓国平、敏达清、曾宏芳、王新、曹国昌、林敦厚）　　（摄于2003年10月）

11月作品"春潮"6尺1幅参加香港举办的《中国当代绘画书法作品展》；

中国画"惠安女"入选大型画册《今日中国美术》；

中国画"惠安女"入选大型画册《中国当代美术》。

● 2001年　　2月赴广州参加"世界潮人美术家邀请展"筹备工作；

3月任"百年中国画展"艺委会委员，参加筹备会；

4月出席在上海美术馆举办的"李伯安画展"开幕及研讨会，山东电视台来京采访拍短片；

5月赴河北雄县再次参加"百年中国画展"评选会议；

6月赴深圳参加在关山月美术馆举办的"关山月学生作品展"，参展作品4幅，并收入画册；

7月应约创作老舍肖像参加中国美术馆举办的建党八十周年画展；

7月赴新疆乌鲁木齐代表研究院庆贺新疆画院成立十周年，并在人民剧场作关于中国画问题的学术报告；

中国画"梁思成肖像"由清华大学出版画册及挂历并于4月在中国美术

在汕头市中山公园 （摄于1971年初）

馆展出；

8月参加全国画院双年展评委会；

9月中国画"春雨"参加由文化部、中国美协、中国美术馆、中国画研究院共同举办的"百年中国画展"并收入《百年中国画集》（下卷）；

10月，以北京代表身份参加在人民大会堂召开的"第十一届国际潮团联谊年会"；

10月，赴西安参加"全国画院双年展"活动，作品"春潮"参加"全国画院双年展首届画展"并刊入作品集；

12月，由"西部行"创作的中国画"青藏高原"、"黄河之巅"在中国美术馆"聚集西部"大型画展中展出，并刊入画集；

- 2002年　1月，赴广东省美术馆出席"聚集西部"广东展开幕式；

2月，人民日报大年初一专版"现代画与名家名作选登"发表作品"青藏高原"；

3月，赴深圳"关山月美术馆"出席"聚集西部"深圳展开幕式；

研究生班毕业留校 （摄于1980年10月）　　　　暑假时带孩子到大海游泳

中国画"惠安女"收入"今日中国美术"中国画卷；

4月，中国画研究院画家集体到河北太行山区采风写生；

6月应邀出席中央电视台"真情无限"节目嘉宾，为"环保"捐中国画
"绣春图"一幅；

7月完成"中央会堂"创作任务"八骏图"；

8月中国画"双鸽图"等二件作品参加在东京举行的日中邦交30周年纪
念"现代中国水墨画展"中获"特别优秀奖"；

9月受聘为广州政协诗书画艺术交流促进会艺术顾问；

北京工艺美术出版社出版八开画集《谢志高水墨人物小品》；

11月为纪念中日邦交30周年作品3幅参加在中华世纪坛举办的"东方美
术家作品交流展"并收入画集；

12月天津美术出版社出版16开《谢志高画集》（"走过画家"系列丛书）
共收入作品41幅、文章5篇及生活照片十余幅。

● 2003年　　1月作品4幅参加由荣宝斋举办的"当代中国画家邀请展"并收入画集；

创作《黄河颂》展出时留影 （摄于1991年）　　　　在纽约郊外赏红叶 （摄于1992年秋天）

5月参与组织由研究院带头发动的全国画院向抗击"非典"的白衣战士献画活动，并参与集体创作"中华医圣"等巨幅作品；

5月人民日报发表短文"画家立业之本"，并刊登速写2幅；

6月6日人民日报发表作品"中华医圣"及速写"献血"；

7月《美术》第427期发表速写"解除隔离"；

由北京出版社出版的大型画册《今日中国美术》展览卷收入作品"春游"、"早春"二幅；

11月到广州参加第二届全国画院双年展评奖活动，任艺委会委员、评委；

12月在中国美术馆举办的"东方之韵"大型画展中展出作品"渤海银滩"，并收入画集。

- 2004年　1月22日正月初一人民日报海外版发表应约为该版创作的作品"猴年吉祥"；

2月人民日报发表作品3幅；

3月《美术》第3期（总435期）发表作品"渤海银滩"；

在中国画研究院画室作画　　（摄于 1995 年）

人民美术出版社出版连环画"春蚕"精装本；

4 月，中国画"阶梯"参加由北京画院举办的"中国美术馆"北京风情"展览"，并收入画集，作品为北京画院收藏；

5 月接受中国新闻社采访，拍电视专题片；

6 月作品 10 幅参加由中国画研究院主办的"回望"人物画展，并收入画集；

7 月任中国画电视大奖赛评委，到中央电视台录制节目；

8 月被中国艺术研究院美术创作院聘为创作研究员。

春节期间回汕头市探望父母，全家合影　（摄于1995年）

在中央美术学院中国画系任教时全家在校内合影

全家回汕头老家过春节 （摄于1998年初）

与夫人宋雅丽在美国留影　（摄于1992年）

全家在次子谢岩（中央美术学院油画系毕业）毕业作品前合影　（摄于1997年）

在女儿谢青的新作前留影
（谢青1998年自中央美院
硕士毕业，2003年考取博
士）　（摄于2002年）

与夫人宋雅丽在洛杉矶　　（摄于1992年夏）

在新疆巴言郭楞采风时，与当地人民联欢

与次子谢岩在潭柘寺古松树下

秋高气爽时常到北京郊外走走

潇洒留个影

记忆的历史　　387

偶尔也昌唱

秋高气爽时常到北京郊外走走

潇洒留个影

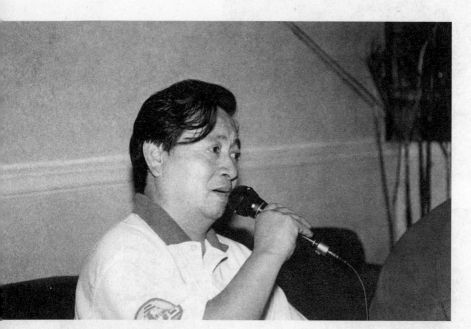

偶尔也唱唱

有了小外孙女小久久（七个月时） （摄于2004年）

当代中国美术

图书在版编目（CIP）数据

当代中国美术家档案．谢志高卷/谢志高绘．—北京：
华艺出版社，2005．5
　　ISBN　7-80142-723-8／E·378

Ⅰ．当… Ⅱ．谢… Ⅲ.中国画—作品集—中国—
现代　Ⅳ.J222.7

中国版本图书馆CIP数据核字（2005）　第039693号

谢志高　卷

出版人	鲍立衔
主编	郭怡孮
策划	晋　奕
执行主编	满维起
	晋　奕
责任编辑	曾　智
	王淑艳
编务	张晓媚
装帧设计	晋　奕
印务监管	李　伟
装帧制作	北京源升世纪工作室
图片电分	北京宇斌图文设计制作有限公司
出版发行	华艺出版社
地址	北京市北四环中路229号海泰大厦10层
电话	82885151
邮编	100083
E－mail	huayip@wip.sina.com
经销	新华书店
	北京三哲文化发展有限公司
印刷	北京玥实印刷有限公司
开本	635mm × 965mm　1/16
字数	113千字
印张	23.5
印数	1－5000册
版次	2005年5月第1版
印次	2005年5月第1次印刷
书号	ISBN 7-80142-723-8/E・378
定价	78.00元